LA súper GUÍA
PARA CHICAS
creativas

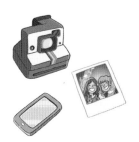

TEXTO
Aurore Meyer

ILUSTRACIONES
Myrtille Tournefeuille
y Amandine

hachette
Júnior

ÍNDICE

UNA HABITACIÓN COZY

Es un hecho que pasas gran parte de tu tiempo en tu habitación así que puede que éste sea un buen momento para hacer de tu espacio un lugar más lindo. Con unos cuantos materiales, algunas ideas y una buena dosis de energía, ¡dale vida a un rinconcito con tu propio estilo!

Un bote del desorden

En lugar de amontonar tus cosas sobre la silla de tu escritorio, debajo de tu cama o en el suelo, consigue un cesto de ropa sucia, una canasta bonita o un baúl, y guarda en él todos los objetos que no tienes tiempo de acomodar. Espera al siguiente fin de semana y aprovéchalo para empezar la semana con el pie derecho.

Lapicera superchic

Todos esos colores y plumas multicolor se merecen un lugar que los represente. Consigue una lata vacía, limpia y sin bordes filosos. Si sus bordes todavía están afilados, puedes lijarlos con papel de lija o pegarles cinta adhesiva antes de decorarlos para protegerte de una posible herida. Pega a su alrededor masking tape, stickers, cuentitas, encaje o viejos trozos de tela como parches... ¡Y listo!

Escondites supercool

Si tienes una hermana pequeña que tiende a meter las narices en todas partes, ¡necesitas tener escondites! Para empezar, puedes hacer la caja de secretos de la página 40. Luego, observa bien tu cuarto e identifica los rincones más ocultos: por ejemplo, esconde un objeto pegándolo con masking tape debajo de tu cama, prepara una caja que diga "Matemáticas" y guarda en ella tus secretos, ¡es poco probable que tu hermana fisgonee en ella si cree que se trata de tu tarea!

NO MOLESTAR

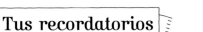
Tus recordatorios

Para estar segura de que no olvidas nada, crea tu propio marco de la memoria.

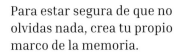

NECESITARÁS:

- ★ 1 viejo portarretratos
- ★ 1 hoja de papel del tamaño del marco
- ★ 1 cordel
- ★ 2 tachuelas
- ★ pegamento
- ★ masking tape
- ★ minipinzas para ropa

1 Retira la imagen de tu viejo marco y reemplázala pegando una bonita hoja de papel.

2 Cubre el marco con masking tape de colores.

TIP GENIAL

También puedes recuperar una vieja tabla y pintarla con pintura magnética de colores. Bastará con que pegues tus notitas con imanes.

3 Pega el cordel con ayuda de las tachuelas y coloca las minipinzas para ropa sobre el cordel.

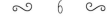

Escritorio incre

Si tu silla y escritorio se ven viejos o tal vez demasiado blancos, dales un nuevo look con trozos de masking colorido o pintura plateada para un efecto de superestrella. Añade botes para lápices hechos con viejas latas de pintura o frascos decorados. ¡No olvides la basura de tu escritorio, un pequeño cesto o canasta serán más que suficientes para que tu espacio de trabajo no se llene de papeles inservibles!

La deco

Con la autorización de tus papás (aunque sobra decirlo) pon pósters, fotos de recuerdo, espejos bonitos o accesorios en las paredes. También pregunta a tus papás si puedes cambiar de funda de edredón, almohadas o cortinas. ¡Y listo, ya tienes una habitación nueva!

Para ordenar...

Ahora que terminaste, intenta mantener tu habitación siempre linda. Para lograrlo, puedes ordenar poco a poco o en modo intenso, ¡con música divertida que te active para acomodar todo lo más rápido posible!

✳ Cómoda ✳ en tu propia **piel**

Demasiado delgada, demasiado grande, demasiado pequeña, las rodillas abiertas hacia los lados... ¡Nadie es perfecto!

Cuida tu cuerpo

Para tener una "mente sana en cuerpo sano" y no tener que hacerte mil preguntas sobre tu peso, vigila un poco tu alimentación. Verte saludable y tener la piel fresca también se relaciona con lo que comes y bebes. No te pongas a hacer miles de dietas, sin importar cuáles sean, pues aun si te hacen perder algunos kilos, hay una gran probabilidad de que vuelvas a ganarlos y podrías provocarte algunas carencias alimenticias.

♡ No te limites pero sé razonable: si a la hora de la comida devoraste una hamburguesa con papas fritas, compensa tu cena con una sopa o verduras. Todo está en el equilibrio del día y en general de la semana. Pero, sobre todas las cosas, ¡no te saltes ninguna comida! Ni siquiera el desayuno con el pretexto de que ya vas tarde...

♡ Escucha tu cuerpo y come según tu hambre, pero escúchalo también cuando te dice "basta". Ésta es la razón por la que debes tomarte tu tiempo para comer, en lugar de devorar tus platos frente a una pantalla. Si lo hicieras de esa forma, no tendrías la sensación de saciedad (o de saber cuando has comido suficiente).

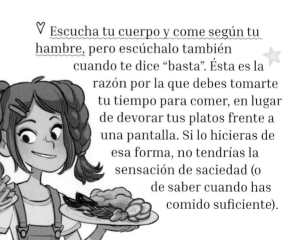

Hora de dormir

Cerca del 40% de los niños sufre, en algún momento de su infancia, problemas del sueño, como dificultades para quedarse dormidos o despertarse varias veces durante la noche. Así que para prevenir todo esto, evita las pantallas y el deporte justo antes de dormir, ¡mejor elige una buena novela!

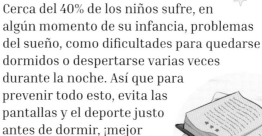

Sé tú misma

Es genial seguir la moda, pero lo más importante es tener tu propia personalidad. Cuidar de ti y de tu look es necesario ¡porque ser bonita es bueno para el autoestima! Aprende a quererte tal como eres: la gente siempre verá más linda a una chica si tiene confianza en sí misma que si tiene el ceño fruncido.

MISIÓN AVENTURA

> En pareja es mejor, así que invita a una amiga para que te acompañe... ¡y que comience la aventura!

¿Desafío?

Antes de salir, elige el desafío que quieras asumir. Aquí hay algunas ideas:

- crea tu propia carrera de obstáculos (equilibrio, saltos, pista, etc.)
- vence tu miedo a los gusanos
- quédate una hora en el jardín cuando anochezca
- crea objetos con pedazos de madera
- encuentra la mayor cantidad de caracoles que sea posible
- busca plantas para crear un herbario
- limpia una playa con basura abandonada
- encuentra una fuente de agua

No olvides llevar...

- ◯ agua
- ◯ un bocadillo
- ◯ tenis para caminar
- ◯ una soga o cuerda
- ◯ una lámpara de bolsillo (sabes cuándo te vas, ¡pero no sabes cuándo regresas!)
- ◯ un celular en caso de tener problemas...

> " Estando solos vamos más rápido, pero juntos llegamos más lejos ".
> Proverbio africano

Respeto

Una superaventurera respeta la naturaleza y a los animales, pero sobre todo evita dejar su huella, es decir, nada de basura, nada de fuego a medio apagar... Nadie debe notar que estuviste ahí.

Amelia Earhart

Aunque puede que no reconozcas su nombre, Amelia Earhart fue un as en la aviación.

Nació en 1897 en Kansas, Estados Unidos, y a los 23 años, durante un bautismo del aire, se apasionó por los aviones. A partir de entonces, decidió tomar clases de pilotaje. Amelia era una verdadera aventurera, de hecho en 1932 se convirtió en la primera mujer en cruzar el Atlántico sola en avión. Y esa aventura no le fue suficiente, pues en 1937 decidió emprender un viaje alrededor del mundo (en avión, claramente), siguiendo la línea del ecuador junto con Frederick Noonan, un navegante aéreo estadounidense. Se piensa que Amelia desapareció en un accidente aéreo el 2 de julio de 1937 en una pequeña isla en el Pacífico.

Un menú 100% natural

¿Y si prepararas un antojo deli y *eco-friendy*?

Cubiertos reciclables

No hay almuerzo completamente eco sin cubiertos... ¡comestibles! Traza algunas formas de cuchillos y tenedores sobre pasta de hojaldre. Prepara el horno a 150 °C y hornéalos por 10 minutos.

UNA PALMERA AFRUTADA

1 Pela el plátano y córtalo en dos, después córtalo en rodajas y ponlo en un plato para formar el tronco de una palmera.

2 Pela la mandarina y sepárala en cuatro, o corta los duraznos en seis. Colócalos al pie de las rodajas de plátano.

3 Pela el kiwi y córtalo a la mitad. Córtalo de nuevo en cuartos y crea con él el follaje de tu palmera.

Necesitarás
(para dos personas):
- 1 plátano
- 1 mandarina o 2 duraznos (dependiendo de la temporada)
- 1 kiwi

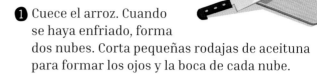

Necesitarás

(para dos personas):

- 🌾 100 g de arroz cocido
- 🌾 1 aceituna negra
- 🌾 1 betabel cortado en cuatro y luego en rodajas
- 🌾 1 pepino cortado a la mitad y luego en rodajas
- 🌾 1 bolsa de granos de elote
- 🌾 1 zanahoria cortada en rodajas
- 🌾 6 jitomates o tomates cherry cortados en dos

❶ Cuece el arroz. Cuando se haya enfriado, forma dos nubes. Corta pequeñas rodajas de aceituna para formar los ojos y la boca de cada nube.

❷ Coloca los demás ingredientes en forma de arcoíris: un arco pequeño con betabel para el morado, pepino para el verde, elote para el amarillo, zanahoria para el naranja y jitomates o tomates cherry para el rojo.

❸ Con los granos de elote restantes, crea la forma del sol.

TIP GENIAL

Cero desperdicio: utiliza los ingredientes que te sobren para hacer una deliciosa ensalada.

¿CÓMO HACER AMIGAS?

Ya sea que tengas un círculo sólido de amigas o que te sientas un poco sola a veces, te damos varias ideas para hacer amigas.

SÉ TÚ MISMA

¿Quién querría ser amiga de una chica depre? Si colocas una sonrisa en tu dulce rostro, ya estás a la mitad del camino. Si eres sociable y divertida, las otras chicas tendrán muchas ganas de ser tu amiga. Y recuerda, no trates de ser alguien más, mantén siempre tu propia personalidad.

HAZ REÍR A LOS DEMÁS

Tu humor puede tener una gran fuerza. Está en ti encontrar la técnica: humor natural, hacer payasadas, mímica o aprenderte de memoria un libro de chistes... haz lo que te nazca para entretener a tu público.

PASAR A SECUNDARIA

Ups, conoces a muy poca gente, por no decir a nadie. Tus amigas se dispersaron en 1° A, 1° B, mientras que tú estás en 1° D. ¡Pero ponlo en perspectiva! Si te sientes sola, piensa que debe haber otras chicas que estén en la misma situación que tú. Cuando llegues al salón, busca un lugar libre junto a alguien y pregunta amablemente si te puedes sentar ahí. Ésa será la primera etapa. Después, no dudes en hacerle un cumplido (¡sincero!) sobre su estuche, su mochila o sus plumas. Pregúntale de qué escuela viene, si conoce a otras personas en la escuela, si come en la cafetería. ¡Después de algunos días, es seguro que tu grupito se irá haciendo más grande!

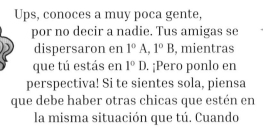

Y SI TE MUDAS...

¡Qué mala onda! ¡Y contra eso no hay nada que hacer! Llegas cuando las clases ya empezaron y te sientes completamente aislada. Aunque sin duda en la escuela harás nuevos amigos, comienza por conocer a la gente que vive cerca de tu casa. Pídele a tus papás que te acompañen a presentarte con los vecinos. Incluso puedes llevarles algo rico de comer para integrarte más fácilmente.

Luego, investiga sobre las actividades extracurriculares que ofrecen en tu escuela: gimnasia, circo, teatro, música, danza, tenis... El deporte une a la gente, ¡así que seguramente conocerás a muchas personas nuevas!

PULSERAS BRASILEÑAS DE LA AMISTAD

→
→
→ Haz tus propias pulseras de la amistad y compártelas con tus amigas.

NECESITARÁS:

★ 130 cm de hilo de algodón en tres diferentes colores
★ tijeras
★ cinta adhesiva

1

Junta los tres hilos y dóblalos por la mitad.

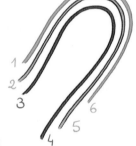

2

Haz un nudo dejando un aro y pega el nudo en una mesa con la cinta adhesiva para que los hilos estén fijos mientras tejes tu pulsera. Tiende los hilos como en el dibujo.

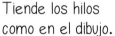

3

Para hacer el primer nudo, toma el hilo 1 y haz un nudo sobre el hilo 2. Estira el hilo y vuelve a la base. Haz un segundo nudo manteniendo el hilo 2 extendido.

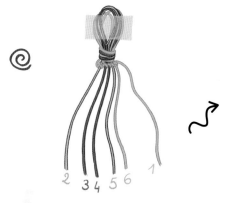

Reproduce la misma operación con el hilo 2. Haz un nudo en el hilo 3. Estira bien el hilo y vuelve a la base. Haz un segundo nudo manteniendo el hilo 3 extendido. Todavía con el hilo 2, haz dos nudos en el hilo 4, después en el 5, enseguida en el 6 y después en el 1. El hilo 2 ahora se encuentra en el extremo derecho. Continúa así hasta que la pulsera alcance la medida de tu muñeca.

Todavía con el hilo 1, haz dos nudos en el hilo 3, después en el 4, enseguida en el 5 y finalmente en el 6. El hilo 1 ahora estará en el extremo derecho.

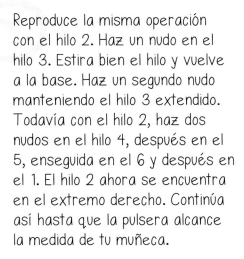

Al final, separa los hilos en dos grupos de tres y trenza cada grupo. ¡Así podrás unir las trenzas al aro del inicio para cerrar tu pulsera!

¡Ponte la pulsera o regálala!

O simplemente...

Si no tienes tiempo de hacer una pulsera brasileña:

◊ haz una pulsera con cuentas o dijes;

◊ haz una trenza con tres hilos de diferentes colores para crear otro estilo de pulsera.

JUEGOS PARA UNA PIJAMADA GENIAL

¿Estás lista para organizar una superpijamada? Pues manos a la obra, ¡aquí encontrarás un montón de ideas!

PERMISO DE TUS PADRES

Pide permiso a tus papás para invitar a dos, tres o cuatro amigas a tu casa (¡entre más invitadas, más risas!) y acuerda cuáles serán las reglas: la hora de dormir, cómo deberás dejar la casa... Después, para asegurarte de que todas tus amigas puedan asistir, intenta invitarlas con anticipación.

LA DECO

¡Ponle un poco de color a este mundo gris para una noche *girly* mega cool! Una linda guirnalda hará que tus amigas entren en ambiente.

TIP GENIAL

Cuando la pijamada haya terminado, podrás usar la guirnalda para decorar tu cuarto y colocar ahí las fotos que tomes con tus amigas.

Guirnalda para fiestas

Necesitarás:

- un cordel de un largo suficiente para colgarlo entre dos paredes de tu habitación
- papel de colores o fieltro
- tijeras
- cinta adhesiva
- hojas de papel blanco
- cuadritos adhesivos

1 Pon una hoja de papel blanco sobre el dibujo que más te guste, entre los que están en esta página y calca la imagen.

2 Recorta la silueta y reprodúcelo en tus papeles de colores tantas veces como sea necesario.

3 Recorta las formas y extiéndelas sobre la mesa.

4 Extiende el hilo sobre la mesa y pega las figuras sobre él.

5 Fija la guirnalda en los muros con los cuadritos adhesivos.

PREPARA LA PIJAMADA

Un día antes, verifica que todo esté listo para recibir a tus invitadas: las camas, el material para organizar los juegos, la cámara o el smartphone para inmortalizar tu pijamada, ¡y hasta algunos dulces!

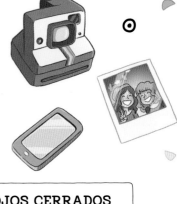

MILES DE SECRETOS

¡No hay pijamada sin algunas revelaciones! Comienza por recortar y construir el dado de la amistad (p. 121). Cada una tendrá su turno, lancen el dado y observen lo que dice. ¡Entremedio, podrán seguir platicando y contarse sus secretos! Y para animar las confesiones, nada mejor que un rincón cozy y acogedor. Coloca un viejo colchón en el suelo y cúbrelo con mantas o cobertores y cojines bonitos.

OJOS CERRADOS

Reír y platicar es genial, ¡pero jugar y divertirse es aún mejor! Aquí tienen el primer juego: apaguen la luz y quédense con los pies descalzos. Empieza la más pequeña, quien deberá adivinar a tientas quiénes son las dueñas de cada par de pies. ¡Se valen las cosquillas!

La que lo haya hecho mejor comienza el siguiente juego: apaguen la luz y denle a la ganadora cinco vueltas sobre su propio eje. Luego tendrá que encontrarlas en la habitación, ¡sin chocar por todos lados!

Siguiendo este modelo: "Fiesta de glo**bos-bos**que encanta**do-do**s mariposas" continúa el juego empezando con: "Pijam**ada**-h**ada** madrina...", etc. Continúa la cadena de palabras ¡y ponle un castigo a la que se quede con la mente en blanco! Pueden volver a empezar cuantas veces quieran con una nueva palabra.

¡GUÁCALA!

Pídele a tus papás (o prepáralo antes de la pijamada) que llenen recipientes con cosas asquerosas al tacto como arroz cocido, gel, *slime,* algodones mojados, hojas secas, queso blanco... Véndense los ojos y tomen turnos con los recipientes. Cada una tendrá que adivinar el contenido. ¡Comparen sus resultados y elijan a la reina del las cosas pegosteosas!

¡BYE BYE!

La fiesta terminó y tus amigas ya se fueron. Ahora, para que tus papás te dejen volver a tener una pijamada, comienza a ordenar todo. Ellos estarán encantados de ver que pueden contar contigo ¡y tal vez hasta estarán listos para dejarte repetir la experiencia!

❋ Muestra tu *estilo*

Con un poco de ingenio, podrás encontrar el look perfecto para ti, a la moda y que conserve tu personalidad. Para empezar, hay que definir tu estilo. Hay colores o accesorios que fácilmente podrían convertirse en tu marca personal. Así funciona el dress code.

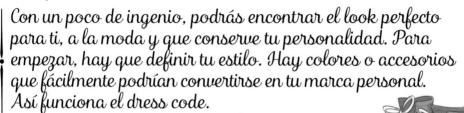

Si te gustan...

○ Las faldas largas, los adornos, los encajes, los bordados, las crinolinas
»→ tu estilo es **romántico**.

○ Los *crop tops* (tops cortos), las sudaderas con capucha, los pantalones deportivos o las faldas cortas
»→ tu estilo es **street**.

○ Lo fluorescente, los arcoíris, los accesorios para el cabello, el *gloss* con brillitos y los ministickers brillantes en las uñas
»→ tu estilo es **manga**.

○ Los pantalones de camuflaje, los tenis, las chaquetas cortas, los cinturones grandes
»→ tu estilo es **urbano**.

○ Las flores, las faldas largas, el color rosa, los estampados florales, los nudos, las diademas
»→ tu estilo es **princesa bohemia**.

○ Todas las cosas que las demás odian
»→ tu estilo es ¡**excéntrico**!

La regla de tres

Salvo algunas excepciones, nunca uses más de tres colores a la vez. Bueno, está bien, tienes derecho a un comodín, ¡pero sólo durante el carnaval o alguna fiesta de disfraces! Puedes probar varias combinaciones para encontrar el conjunto adecuado, pero pon atención en las mañanas para que no se te haga tarde para ir a la escuela...

Atrévete

Reafirma tu personalidad de forma fuerte y clara. No hay lugar para la vergüenza. "¿Cómo? ¿De verdad no conoces la moda del bow tie?" Lo más importante es estar convencida de lo que dices, aceptarte. Si tienes confianza en ti misma, ¡ya ganaste!

El detallito que cambia todo

Elige un motivo que te guste. ¿Está de moda lo "100% tropical"? ¡Tú también puedes tenerlo! Crea un parche con forma de palmera, una pulsera de hojas tropicales con plastilina horneable o dibuja una piña en una camiseta con un plumón especial para tela. ¡Es muy fácil estar a la moda sin gastar mucho!

¿CÓMO GANAR UN POCO DE DINERO?

No se trata de convertirse enseguida en la jefa de una gran empresa, ¿pero si pudieras ahorrar un poco de dinero para comprarte el regalo de tus sueños?

Instaura el bote de una moneda por cada grosería. Cada vez que un miembro de tu familia diga una grosería, tendrá que darle una moneda a la persona que se lo haga notar. Y como es mucho más probable que a tus padres se les salgan más palabrotas que a ti, ¡vas a hacerte rica muy pronto!

Ofréceles servicios a tus hermanos y hermanas mayores. Acomodar su habitación o pasar la aspiradora ¡por lo que cuesta un helado!

Haz una venta de garaje de tus libros viejos, juguetes o baratijas. Con ayuda de tus papás, pon un puesto en el garaje o vende las cosas que ya no uses por internet.

Negocia con tus papás: lavar los vidrios, el auto o cortar el césped por lo que cuestan dos helados. ¡Todo trabajo merece un salario!

> "Pobre no es aquél
> que tiene las manos
> vacías, sino aquél
> cuya alma está
> vacía de deseos".
>
> Proverbio africano

LO DEBES SABER

¡Ten calma! Según un estudio, sólo cerca de 50% de los niños en Argentina reciben mesada. Y en otros países, la cifra es aún menor. Así que si a ti no te dan domingo o semanada, intenta ahorrar las monedas que te den en Navidad ¡o en tu cumpleaños!

Monedero de gatito

Necesitarás:

- fieltro de diferentes colores
- pegamento para tela
- velcro
- 1 plumón negro
- pintura para tela

❶ Corta dos círculos de fieltro con la ayuda de un vaso o de un recipiente circular, guiándote por el tamaño que quieras darle a tu monedero.

❷ Pega los dos círculos por la circunferencia dejando una abertura en la parte superior.

❸ Corta un pedazo de velcro y pégalo al interior, en la parte superior, para cerrar el monedero.

❹ Corta las orejas, la boquita, la nariz y los ojos con fieltro de diferentes colores y pega las formas.

❺ Termina los detalles como los bigotes o pestañas con la pintura para tela o el plumón.

Desafío eco ✓

Cuando tomamos la vida como un desafío, todo es más divertido. ¡Así que síguenos para encontrar la diversión en lo ecológico!

¡10 sencillos pasos para salvar al planeta!

1 Báñate en la regadera en lugar de hacerlo en la tina: ¡una ducha de 5 minutos en la regadera consume 5 veces menos agua que un baño en la tina!

2 Apaga la luz cuando salgas de una habitación. También podrías optar por prender velas para crear un ambiente más relajante (¡asegúrate de siempre apagar el fuego cuando salgas de la habitación!).

3 Toma agua de filtro en lugar de comprar botellas de plástico. Sólo en México, cada año se tiran a la basura alrededor de 20,000 millones de botellas de plástico.

4 Utiliza pilas recargables para tus aparatos eléctricos, gastarás menos dinero ¡y son más *eco-friendly*!

5 Apaga tus aparatos eléctricos como la tele, tu consola, la computadora... en lugar de dejarlos en reposo. Y no dejes conectados tus cargadores a las tomas de corriente.

6 No uses bolsas de plástico cuando compres en el mercado, mejor lleva tu mochila, una cesta o una bolsa de tela.

7 No dejes la llave abierta cuando te lavas los dientes. Usa un vaso con agua para no desperdiciar 10 litros inútilmente.

Tiempo de degradarse

Piensa dos veces antes de dejar basura detrás de ti. Aquí está el tiempo que esos objetos tardan en descomponerse cuando se dejan en la naturaleza:

- una botella de plástico = hasta 1000 años
- una bolsa de plástico = 450 años
- una lata = hasta 100 años
- un chicle = 5 años
- un boleto de autobús = 1 año
- un pañuelo de papel = 3 meses
- un corazón de manzana = de 1 a 5 meses

8 Usa la bicicleta para desplazarte ¡en lugar de pedirle a tus papás que te lleven en el auto!

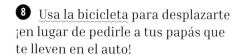

9 Consume frutas y verduras de temporada. Cuando compras una fruta que viene de cerca y se da en tu región o país, significa que ahorras en transporte, o sea en gasolina, y así reduces la contaminación.

10 Recicla tu basura: separa la basura orgánica de la inorgánica, gasta menos hojas usando las que estén casi vacías como hojas de borrador.

MISIÓN PERFUMISTA

Porque eres única en el mundo, mereces una fragancia hecha a tu medida. ¡Crea tu propio perfume ligero, suave y discreto!

Esencia de flores

Elige tu flor para crear tu propio perfume: lavanda, rosa, jazmín, geranio, azahar, mimosa... Hay muchas opciones. Incluso puedes probar haciendo mezclas.

❶ Vierte tus pétalos en una cacerola junto con 250 ml de agua. Cuando rompa en hervor, retira la cacerola del fuego y deja que se haga la infusión durante 4 horas.

❷ Añade algunas gotas de vinagre blanco para fijar el olor de la flor. Enseguida, filtra tu mezcla con un colador, un filtro de té o café.

❸ Vierte tu mezcla en un frasco y guárdalo en el refrigerador.

¡Tienes siete días para perfumarte y refrescarte cuando quieras!

¿Lo sabías?

La ciudad de Grasse es la capital mundial del perfume, conocida por su industria perfumera desde el siglo XVII.

Germaine Cellier

La primera nariz femenina fue una mujer audaz con temperamento de fuego ¡e ideas geniales!

Germaine Cellier nació en 1909 en Burdeos y estudió química en París. Trabajó como química desde los 21 años pero un encuentro decisivo diez años más tarde fue lo que la encaminó hacia los perfumes. En 1944, se asoció con el químico Robert Piguet para crear su primera fragancia: *Bandit*. Después, seguiría creando otros perfumes como *Vent Vert* de Balmain en 1945, o *Fracas* de Robert Piguet en 1948. Germaine Cellier es conocida por ser la primera mujer perfumista. Murió en 1976 a la edad de 67 años.

A las personas que crean perfumes se les llama **"nariz"**.

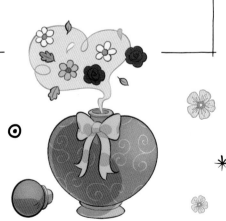

CÓMO LUCIRSE EN EL RECREO... ¡Y TAMBIÉN UN POCO EN LAS CLASES!

No siempre es fácil saber cómo ser una chica simpática durante el recreo y, al mismo tiempo, ¡lograr que te vaya bien en todas tus materias!

ORGANÍZATE

Nada mejor para tener ideas claras que organizarte: ordena tu habitación, recoge tus plumas y lápices, acomoda tus cosas... ¡Verás que bajo esas condiciones te será más placentero trabajar!

NUEVAS CARAS

Encontrarnos con nuestras amigas es genial, pero considera convivir con otras personas, como las chicas y chicos nuevos que sólo esperan que alguien se acerque a ellos para hablar. Ponte en su lugar: a ti te gustaría que te dieran la bienvenida como se debe en una escuela nueva. Y no lo dudes, ¡seguro conocerás a mucha gente interesante!

Encuentra tu ritmo

¡No es fácil encontrar el ritmo! Y menos después de que adoptaste (¡malos!) hábitos durante las vacaciones, como dormirte tarde. Retoma la costumbre de acostarte temprano desde algunos días antes de regresar a la escuela.

MANTÉN A TUS AMIGAS DE TU LADO

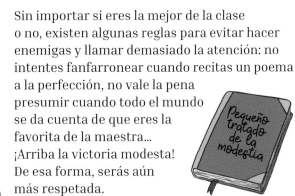

Sin importar si eres la mejor de la clase o no, existen algunas reglas para evitar hacer enemigas y llamar demasiado la atención: no intentes fanfarronear cuando recitas un poema a la perfección, no vale la pena presumir cuando todo el mundo se da cuenta de que eres la favorita de la maestra... ¡Arriba la victoria modesta! De esa forma, serás aún más respetada.

Pequeño tratado de la modestia

¿QUÉ SUCEDE CUANDO PASAS A LA SECUNDARIA?

Si aún no has llegado a la escuela de los grandes, podrías aprovechar un poco el momento. ¡En la secundaria todo es más grande! Los estudiantes, el número de salones... En la mayoría de las secundarias, tú debes desplazarte entre los diferentes salones para asistir a tus clases. Por lo tanto, también tendrás más profesores, ¡pero no te apaniques! Aunque al principio todo parece difícil, muy pronto se convertirá en tu cotidianidad. Pregunta si puedes visitar tu futura escuela antes de que empiecen las clases para conocer el lugar y a los profesores. Verás que una vez que pases a 1° te va a encantar el nuevo ritmo, ¡y te sentirás más libre!

CREA TU PROPIO *SLIME*

→
→ El *slime* es superagradable al tacto, ¡puedes aplastarlo,
→ retorcerlo, amasarlo o deformarlo!

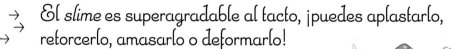

NECESITARÁS:

- ★ 1 adulto
- ★ 1 guantes de caucho
- ★ 1 cuchara
- ★ 1 tazón
- ★ 2 cucharas soperas de pegamento escolar líquido (por ejemplo, Resistol®)

- ★ 1 cuchara sopera de espuma para afeitar
- ★ colorante comestible (rojo, amarillo o azul)
- ★ 15 o 20 gotas de solución para lentes de contacto

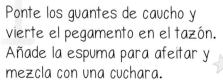

Ponte los guantes de caucho y vierte el pegamento en el tazón. Añade la espuma para afeitar y mezcla con una cuchara.

Añade algunas gotas del colorante comestible que más te guste para darle color al *slime*. Mezcla.

Bajo la supervisión de un adulto, vierte la solución para lentes de contacto. Ten cuidado porque la mezcla de estos ingredientes produce ácido bórico, y esta reacción química puede ser irritante para los ojos.

TIP GENIAL

- Si el *slime* se pega, añade más solución para lentes de contacto y amásalo bien para lograr una consistencia más gomosa.
- Entre más espuma para afeitar le pongas, más *fluffy* o esponjoso será tu *slime*.
- Puedes ponerle lentejuelas o diamantina a tu *slime* ¡para que brille!

8 cosas que debes decir para ser una chica top

No es tan fácil, ¡pero a veces unas cuantas palabras dulces hacen toda la diferencia!

No decimos:
"¡Ay no, me choca ir ahí!".
Sino:
"¿Realmente tengo que ir?".

No decimos:
"Ok, cool".
Sino:
"Gracias, es muy amable de tu parte".

No decimos:
"¡Ay ya, ya entendí!".
Sino:
"Sí papá, entiendo".

No decimos:
"¿Ya vas a dejar de molestarme?".
Sino:
"¿Podrías darme un momento para estar sola?".

No decimos:
"¡No me encargo de la limpieza!".
Sino:
"Sí, está bien, en un momento voy a ordenar mi cuarto".

No decimos:
"Me choca mi mamá".
Sino:
"Mi mamá y yo no siempre estamos de acuerdo".

No le hablamos de "tú" a los adultos que no conocemos sin su permiso.
Sino que preguntamos:
"¿Le puedo hablar de 'tú'?".

No decimos groserías. Sino que, si en verdad necesitamos desahogarnos, decimos palabras inventadas: "Pedazo de calcetín con tutifrutti".

¡Respira!

¿Qué tal que te dijéramos que para relajarte basta con saber respirar?

Detente a respirar

Inhala profundamente por la nariz, mantén el aire dentro por algunos segundos y exhala por la boca lo más lentamente posible hasta sacar todo el aire que tengas en los pulmones. Repite esta respiración tantas veces como sea necesario. Esta técnica te permite oxigenar tu sangre y, por lo tanto, relajarte.

Perro mirando hacia abajo

¡Esta posición te permitirá relajarte después de un día complicado!

❶ Ponte en posición de gatear, o como un perro, con las manos en el piso a la altura de los hombros, y las rodillas alineadas con las caderas.

❷ Inhala por la nariz mientras estiras las piernas y bajas la cabeza.

❸ Intenta poner los talones en el piso. Inhala y exhala varias veces.

Vuelve a la posición inicial en cuatro "patas".

¿CÓMO SER LA MEJOR AMIGA DEL MUNDO?

Aunque no se trata de un concurso de amistad, a veces basta con tener algunos detallitos ¡para ser la mejor amiga del mundo!

CÍRCULO DE AMISTAD

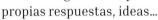

¿Tienes muchos secretos que contar pero no sabes por dónde empezar? Haz un diario común con tus amigas: cada tarde, alguna de ustedes se llevará el diario a su casa y escribirá en él cómo se siente, algunas bromas o lo que sea que pase por su mente, y al día siguiente será el turno de alguien más para llenarlo con sus propias respuestas, ideas...

Y si no te sientes bien, ¡no tengas miedo de escribir lo que siente tu corazón! Tus amigas están ahí para reír contigo, ¡pero también para apoyarte en todos los momentos!

... PERO NO SUELTES LA LENGUA

Nada de golpes bajos, nunca contamos los secretos ajenos. ¡¡NUNCA!! Aunque te mueras de ganas por contárselo a... ¡no, no! ¡Shhh! No debes traicionar la confianza de tu confidente, si lo haces, su amistad podría estar en peligro. ¡Y tú podrías crearte una mala reputación! Por otro lado, si se trata de un problema muy grave, proponle hablarlo con alguien que realmente pueda ayudarla: sus papás, un profesor, una hermana mayor...

Sean cómplices

Porque se parecen mucho o por el contrario, ¡porque hacen de sus diferencias una fuerza!

- ¿Tus amigas son altas y morenas y tú eres pequeña, con cabello castaño y pecas? Está bien, no se parecen físicamente pero tienen los mismos gustos y les apasionan las mismas cosas. A veces hablan al mismo tiempo porque piensan lo mismo en el mismo instante. Les gusta la misma ropa y los mismos accesorios... ¡Pero cuidado con los chicos! ¡Hay cosas que no se comparten!

- Ellas son extra *girly* y tú eres más bien poco femenina, ellas conocen fácilmente a gente nueva mientras que tú eres algo tímida, ellas sueñan trabajar para Médicos sin fronteras mientras que tú odias los hospitales. Así que tienen pocos gustos en común, ¡pero precisamente eso es lo que hace de su amistad algo tan especial! Aunque a veces tienen discusiones acaloradas, siempre terminan bromeando. Dicho eso, ¡no porque los magos nunca hayan sido lo tuyo significa que no puedes leer un libro de Harry Potter! Pueden ser muy diferentes pero haz un esfuerzo para interesarte en las cosas que a ellas les gustan también. ¡Seguramente así tus amigas te querrán más!

Desafío jardín

No es necesario tener cinco hectáreas de tierra para probar que tienes buena mano para las plantas. Un pequeño balcón o incluso el filo de la ventana serán más que suficientes. ◉

Germina semillas

Necesitarás:

- 1 plato de plástico
- algodón
- semillas
- agua
- 1 maceta
- tierra para macetas

❶ Para germinar las semillas, ponlas sobre un algodón mojado encima del plato. Recuerda que en lugar de inundar las semillas con una regadera, es mejor utilizar un rociador pues éste será más delicado con las frágiles semillas.

❷ Cuando los brotes alcancen 5 cm de altura, elimina los más débiles con cuidado para permitir que los más fuertes se puedan desarrollar mejor.

❸ Después, con cuidado, trasplanta las semillas germinadas a pequeñas macetas llenas de tierra. ◉

Consulta las **instrucciones** de las semillas para conocer la mejor época para plantarlas.

Aguacates recuperados

Recupera la semilla de un aguacate, lávalo y ponlo a remojar en agua tibia durante 30 minutos. Déjalo secar durante algunas horas y luego clava tres palillos en su centro para colocar la semilla en un vaso con agua; la parte más ancha de la semilla debe estar sumergida y la más puntiaguda en el aire.

Cambia el agua regularmente ¡y sé paciente! Después de algunas semanas la semilla germinará. Cuando las raíces alcancen 1 o 2 centímetros, planta la semilla en una maceta con tierra y observa cómo evoluciona tu aguacate.

Plantación de piñas

Corta cuidadosamente una piña dejando 1 o 2 cm por debajo de las hojas; quita algunas de las de abajo para que puedas ver cómo salen las raíces.

Déjala secar por varios días, después introduce las raíces en agua sin sumergir las hojas. Cambia el agua regularmente.

Cuando las raíces alcancen 1 o 2 cm, planta la piña en una maceta llena de tierra. ¡Con un poco de suerte verás cómo brotan las piñas en unos cuantos meses!

TU CAJA DE SECRETOS

Está absolutamente prohibido que alguien llegue a husmear en tus cosas... ¿Pero qué puedes hacer cuando no estás ahí para asegurarte de que eso no pase? ¡Crea una caja de secretos con doble fondo!

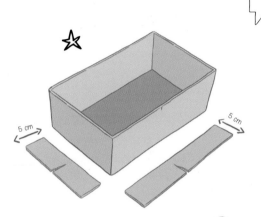

5 cm

5 cm

NECESITARÁS:

★ 1 caja de zapatos
★ 2 pedazos de cartón del largo y ancho del fondo de la caja
★ 1 listón de 5 cm de largo
★ cinta adhesiva
★ tijeras

1 Para hacer los compartimentos en el fondo de la caja, corta una tira de 5 cm de alto y del largo de la caja; luego corta otra de 5 cm de alto y del ancho de la caja. Con las tijeras, haz un corte en la mitad de ambas tiras de cartón, sin llegar al fondo, para hacerlas embonar. Coloca la cruz que acabas de hacer dentro de la caja.

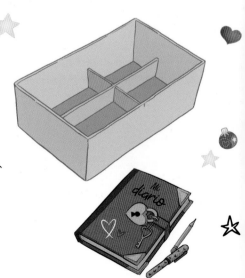

Pega el listón sobre uno de los pedazos de cartón y cubre tu cruz con ese segundo pedazo de cartón que es del mismo tamaño que la base de tu caja.

Pon tus objetos más secretos dentro de los compartimentos.

Llena la caja con objetos insignificantes para despistar al enemigo.

Cierra tu caja con su tapa. ¡Ya está lista!

Ahora puedes decorar el exterior de tu caja como más te guste: con *collages,* papel de colores, fotos, cintas adhesivas con patrones bonitos, plumones o pintura.

Cuando alguien quiera abrir tu caja, ¡no encontrará el segundo fondo! Tus secretos siempre estarán seguros.

Desafío de chicos... ⭐ ∿ ¡para chicas! ∿

Según los chicos, las chicas son más débiles que ellos, les gusta menos el deporte, son más quejumbrosas, más cobardes... y a esto se le llama "estereotipo" o "cliché". Demuéstrales que están equivocados con estos 3 challenges. ✿

Estereotipo 1 ⭐

Las chicas no saben jugar futbol.

Bueno, bueno, puede que no vayas a competir en la siguiente copa del mundo pero puedes organizar un partido entre chicas. Lo mejor sería poder reunir a algunos chicos como público, ¡pero puede que eso aún sea algo difícil de lograr!

"BLABLABLABLABLABLABLABLA
BLABLABLABLABLABLABLABLA
BLABLABLABLA".

Estereotipo 2

Los chicos son más fuertes que las chicas. ⭐

Organiza un torneo de fuercitas y observa quién sale vencedor. Te sorprenderás al ver que cuando pones todo tu esfuerzo, ¡puedes salir victoriosa!

Los chicos se la pasan burlándose.

A veces los chicos tienen problemas para expresar sus sentimientos, sus emociones o comunicar lo que sienten. Hay que saber traducir su lenguaje aunque no siempre sea fácil. Así que ahora es tu turno, el desafío del día es aprender a defenderte cada vez que un chico te lance una burla: "Háblale a mi mano", "¿Alguien está hablando? No escucho nada", o dándoles la vuelta sobre lo que te digan. Por ejemplo, si te dice con ironía: "Qué lindo tu lapicero rosa con diamantina", responde: "Gracias, es que no entiendes que combina con mi pijama de unicornio".

¿Entonces quiénes son más fuertes?

MISIÓN ESTILISTA

Personaliza tu ropa para hacerla única.

Chaqueta demasiado clásica

¿Dejó de gustarte tu chaqueta bonita de niña pequeña? En lugar de botarla, personalízala reemplazando los botones por otros más originales: arcoíris, números, calaveras, galletas, perritos, estrellas, etc.

"La moda pasa de moda, el estilo, jamás".

Coco Chanel

Una mancha naranja

¿Tu prenda favorita tiene una mancha que no quiere desaparecer? ¡Qué terrible! Corta una figura bonita en un pedazo de tela (una estrella, corazón, luna...) y pégala sobre la mancha usando pegamento para tela.

Tenis supercool

Personaliza tus tenis deportivos introduciendo algunas cuentas a las agujetas o reemplaza las agujetas por listones gruesos.

Una bufanda improvisada

Si no sientes que tienes el alma de una gran modista, simplemente elige una tela que te guste y que no se deshile. Córtala a la medida de una bufanda ¡y listo, ya tienes con qué protegerte del frío!

Coco Chanel

Coco Chanel, cuyo nombre verdadero era Gabrielle Chasnel, nació en 1883. A los 18 años, su tía la inició en la costura y esa pasión la acompañó por el resto de su vida.

A los 20 años, entró a un taller de costura. Después de conocer a algunas personas, abrió su salón de modista, en donde se dedicaba a la fabricación de sombreros, y desde ese momento Coco Chanel tuvo mucho éxito. La década de 1920 es conocida como "los años locos"... ¡y con justa razón! Coco Chanel liberó la vestimenta femenina que se basaba en el uso del corset, pero sin perder la elegancia. Coco no temía vestir sus propios diseños y fue la primera diseñadora de modas en lanzar su mítico perfume: N°5, que sigue a la venta hasta el día de hoy. Más tarde, puso a la moda una prenda que en el pasado se reservaba para los funerales: el vestido negro que la ayudaría a forjar su reputación. En esa época, Coco Chanel fue una de las primeras mujeres en usar un corte de cabello de "hombre". La llamaron "la primera mujer con cabello corto", aunque otras mujeres ya habían llevado ese corte antes... Después de una brillante carrera como modista, Coco Chanel murió en el año de 1971.

RECETAS deli

Fiesta de hamburguesas

No porque no sea una comida completamente equilibrada significa que no podamos darnos un gustito de vez en cuando... ¡Consúmase con moderación!

LA HAMBURGUESA FELIZ

Necesitarás

(para 4 hamburguesas):

- 4 panes de hamburguesa
- salsa catsup
- 4 hojas de lechuga
- 1 jitomate o tomate en rodajas
- 4 rebanadas de queso para derretir especial para hamburguesas
- carne para hamburguesa

❶ Abre el pan y vierte un poco de catsup.

❷ Coloca dentro la hoja de lechuga, unas rodajas de jitomate o tomate y una rebanada de queso.

❸ Pon a asar la carne en la estufa durante algunos minutos por cada lado y luego colócala sobre el queso.

❹ Vuelve a cerrar tus hamburguesas y métetelas 20 segundos al microondas para fundir el queso.

LAS FALSI-HAMBURGUESAS DULCES

Necesitarás

(para 4 hamburguesas):

- 4 bollos o brioches redondos
- 1 barra de queso crema (el que más te guste)
- 2 kiwis
- 8 fresas
- chispas de chocolate

❶ Corta los bollos por la mitad y unta queso crema por las dos caras.

❷ Corta los kiwis y fresas en rebanadas delgadas.

❸ Inserta la fruta en los bollos y deja que salga por los bordes para que parezcan lechugas y jitomates o tomates.

❹ Agrupa las chispas de chocolate sobre la fruta para imitar la carne de hamburguesa.

Necesitarás
(para 4 personas):
- 4 filetes de pollo
- pan molido
- 1 huevo
- aceite
- sal y pimienta

1 Corta los filetes en tiras, mientras más delgados sean, más rápido se cocerán.

2 Mezcla o ralla el pan molido hasta hacerlo polvo, si no viene preparado de esa manera. Viértelo en un tazón, añade sal, pimienta, y mezcla.

3 Rompe el huevo en otro tazón y mezcla la clara y la yema con un tenedor.

4 Remoja generosamente cada tira de pollo en el huevo y después en el pan.

5 Pon un poco de aceite en el sartén bien caliente y fríe tus nuggets de pollo durante algunos minutos de cada lado o hasta que estén bien dorados.

JUEGOS de locura

Ideas para jugarles bromas a tus amigas

¿Y si te convirtieras en la reina de las bromas? No necesitas esperar al día de los inocentes para tenderle trampas a tu familia y amigas. ¡Todo se vale!

EL BILLETE TRAMPOSO

Pega un billete pequeño a una cuerda para pescar de varios metros de largo con plastilina para pegar. Escóndete detrás de un poste, un muro o un árbol. En el momento en que tu víctima se agache para recoger el billete, tira de la cuerda.

LA GOMA SUCIA

Toma la goma de una amiga y llénala de puntas de lápices que hayas recuperado al sacar punta a tus propios útiles. La próxima vez que tu amiga quiera borrar algo de su cuaderno limpio, lo ensuciará todo nuevamente.

UNA GRAVE ENFERMEDAD

Mastica arándanos antes de ir con tus amigas y diles que tienes una enfermedad bucodental muy grave. ¡Tu lengua y tus dientes estarán todos azules!

LA PLUMA DEL BUEN ALIENTO

Piensa cuál de entre tus amigas acostumbra morder sus plumas todo el tiempo. Para que se le quiten las ganas, frota una de tus plumas con un diente de ajo y deslízalo en su estuche al día siguiente. ¡Es muy probable que se le quite la manía muy pronto!

LA ENSALADA LLENA DE LOMBRICES

Crea formas de lombrices blancas con pequeños trozos de queso crema. Colócalos en la ensalada ya lista para comer. ¡Será una gran bienvenida para los invitados!

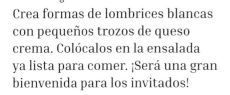

MI PERRO, UN HÉROE

Ya sea que tengas un perro o no, hazle creer a tus amigas que alguien dejó una caca de perro en su cama. ¿Cómo hacerlo? Moldea un poco de plastilina café para formar la caca y esfuérzate en crear los detalles para hacerla más real. Colócala con cuidado en la cama de tu amiga o en su buró y observa su reacción. ¡Qué asco!

* Tips de belleza *

¡No es necesario darse un baño de leche danesa como Cleopatra para cuidar de una misma!

Regla número 1: ¡la limpieza!

¡Ni mucha ni muy poca! No hay que lavarse demasiado porque corremos el riesgo de lastimarnos y hacer nuestra piel frágil, pero una ducha diaria, es una buena medida. De ti depende darle variedad a tu momento con jabones y cremas de ducha que huelen deli. Y aunque no sea muy *eco-friendly,* a veces un baño en la tina (ni muy llena ni muy caliente), ¡puede ser delicioso!

Piel de durazno

Tu cara es la que recibe antes que ninguna otra parte del cuerpo las agresiones del ambiente, así que piensa en nutrirla e hidratarla. Ya sea que tengas piel seca, mixta o grasa, para cada una hay una crema especial. Pregúntale a un dermatólogo o busca en una farmacia.

Un perfume discreto

¡No necesitas vaciar la botella para oler rico! Con algunas gotas sabiamente esparcidas detrás de tus orejas y en tu cuello será suficiente. Elige un perfume ligero y florido para no marear a toda tu clase y ve a la página 28 para crear una fragancia única.

Esmalte de uñas

¿No tienes tiempo de ponerte esmalte en las uñas sin rebasar el borde? Ponte pequeños puntos de esmalte en las uñas, de un solo color o multicolor. ¡Efecto wow garantizado!

Ducha fría

Macerarse el cuerpo en un baño de agua hirviendo no es la mejor manera de cuidarse. El agua demasiado caliente hace que tu piel pierda sus facultades, así que busca la temperatura correcta y considera enjuagarte con agua fría: ¡es vivificante y reafirmante! El combo ganador.

Glu glu

No solamente están las cremas para tener una piel bella y sentirse bonita: beber mucha agua es una de las mejores maneras de asegurarte de que tu piel esté bien hidratada.

JUEGOS
de locura

conviértete en una espía de impacto

¿Y si fundaras un club de espías con tus amigas? ¡Para tener de qué hablar en todas partes con total discreción o llevar a cabo investigaciones apasionantes sobre la gente de su entorno!

TODO PARA FUNDAR UN CLUB

◊ <u>Elige a las personas indicadas.</u>
Reúne a amigas divertidas, simpáticas, alegres...
¡O sea, a las chicas que se parezcan a ti!

◊ <u>Busquen un nombre para su club.</u>
Cada una dará sus ideas y juntas llegarán a un acuerdo. Hay muchas ideas, está en ustedes encontrarlas: Spy Power (el poder de las espías), Misión Espías, Agentes 008...

◊ <u>Busquen también su propio lema,</u> ¡es divertido! "Espía de día, espía de por vida", "Sin dejar huella, siempre más bellas", "Mutis y secretos siempre bajo llave"...

EL ENTRENAMIENTO

Pon en marcha tus talentos como espía cuanto antes con juegos divertidos. Elijan a la que será la espía, las demás se quedarán juntas. Durante diez segundos, la espía observará a las jugadoras, después se volteará (o cerrará los ojos). Las demás jugadoras tendrán 10 minutos para cambiar un detalle de su atuendo o de su peinado. La espía volteará de nuevo y tendrá que identificar los detalles que cambiaron. ¡Ahora ya tienen un entrenamiento para afinar su sentido de la observación!

JUEGO DE RECREO

Reúne a todo el club de espías e intenten descubrir al personaje misterioso. La espía que esté a la cabeza deberá elegir sin decirlo a una persona que se encuentre a su alrededor (durante el recreo, en un parque...). Las demás espías tendrán que hacerle preguntas para intentar descubrir la identidad del culpable misterioso, pero la espía al mando no tiene derecho a hablar, ¡sólo a usar señas, mímica o murmullos!

DISCRECIÓN OBLIGADA

Elijan a una persona que todas conozcan, pero no muy bien. Tienen una semana para sacarle la mayor cantidad de información que puedan pero sin despertar sospechas: fecha de nacimiento, comida favorita, mejor amiga... La que haya recopilado la mayor cantidad de información será nombrada "jefa de espías".

CÍRCULO DEL CÓDIGO SECRETO

Sáltate las páginas hasta llegar a la 123.
¡Sólo tienes que escribir tu mensaje!

A = B
B = C
...

CÓDIGO DE MÁS

Basta con añadir una letra de más a tu mensaje.

Por ejemplo, con la F:
¡Faflfefx fefs fmfufy flfifnfdfo!

¡Alex es muy lindo!

CÓDIGO ALFABETO

Reemplaza cada letra de tu mensaje por la siguiente letra del alfabeto. Para descifrarlo, tu amiga hará lo contrario.

Por ejemplo:
IPMB NBS

Hola Mar.

CÓDIGO LÁPIZ AFILADO

Superpon dos hojas de papel y redacta tu mensaje en la primera, apoyando fuertemente el lápiz sobre el papel. Rompe la primera hoja en muchos pedacitos y tírala a la basura. Entrega la segunda hoja a tu amiga quien tendrá que pasar otro lápiz suavemente por encima de la hoja para descubrir el mensaje.

CÓDIGO LENGUAJE DE SEÑAS

Si tienes que hablar sobre algo sin usar palabras, crea un código con tus dedos.

Por ejemplo:

¡Cuidado, ya viene!

Ni lo pienses (¡para despistar al enemigo!)

Sí, está bien.

Enséñale a tus amigas el código que vas a utilizar para enviarles mensajes secretos, ¡si no, tus mensajes correrán el riesgo de quedar incomprendidos!

MENSAJE INVISIBLE

Si quieres escribir un mensaje con tinta invisible, sólo tienes que utilizar un hisopo como lápiz y jugo de limón como cera.

Para que tu amiga pueda descifrarlo, solamente tendrá que ponerlo cerca de una fuente de calor: una vela, radiador, secadora de cabello... ¡Es mágico!

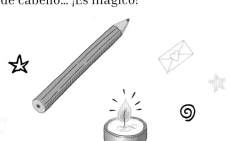

CÓDIGO DE NÚMEROS

Puedes reemplazar algunas letras de tu mensaje con el número que le corresponde según su posición en el alfabeto. Así, tu mensaje será ilegible.

N16S V5M16S 45S17U5S 4E 12 R53R5 16.

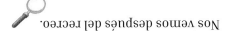
Nos vemos después del recreo.

¡AH, EL AMOR!

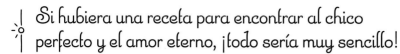

Si hubiera una receta para encontrar al chico perfecto y el amor eterno, ¡todo sería muy sencillo!

¿CÓMO DECLARARTE?

No es buena idea hacer una larga declaración de amor apasionado, de hecho es poco probable que eso funcione. A veces los mensajes cortos son mucho más eficientes que un gran discurso, y si no sientes que naciste con alma aventurera, comenzar por un mensaje puede ayudarte mucho. Pídele a una amiga digna de confianza que investigue cómo está el terreno, así te será mucho más fácil tomar algún tipo de acción.

CADA QUIEN HACE LO QUE LE GUSTA

La regla de oro es ser siempre tú misma. No hay nada peor para un chico que una chica que siempre está de acuerdo con lo que él dice. Tal vez le gusta subir a árboles o jugar en las redes con sus amigos, pero eso no necesariamente quiere decir que él quiera hacer esas actividades junto con una chica. ¡Cada quien sus gustos!

Look at me

La idea es la misma desde el punto de vista del estilo. No porque el chico que te gusta esté vestido como surfista significa que sólo le gustan las surfistas. Así que mantente bonita y natural y, si realmente te llama la atención su estilo, que sea porque nace de ti, ¡no para agradarle!

QUÉ HACER SI (YA) NO ESTÁ ENAMORADO DE TI...

No hay nada peor que las amigas que intentan consolarte diciendo cosas como "Te lo dije", "No era para ti", "De cualquier forma a mí me parecía extraño", "Hay muchos peces en el mar"... Tal vez lo amaste y ahora sientes que tu corazón está completamente roto. Tus sentimientos no son recíprocos y te cuesta trabajo sacar al chico de tu cabeza. ¡Cambia de ideas! No te quedes sin nada que hacer, soñando con él, recostada en tu cama. Haz pulseras, dibuja, escribe, lee, ve de *shopping* o ve al cine. Haz lo que te guste y apóyate en tus amigas que seguramente estarán ahí para ti. ¡Es difícil de creer pero algún día toda esta historia te parecerá graciosa!

Los 10 animales que las chicas top adoran

Aquí encontrarás una lista de los animales favoritos de las chicas...

2 Los delfines
Porque son muy inteligentes ¡y todas soñamos con nadar con ellos!

1 Los caballos
Porque son hermosos, fuertes y agraciados, ¡y porque la equitación es nuestra pasión!

4 Los gatos
Porque son misteriosos, suaves, tiernos e independientes y nos encanta acurrucarnos junto a ellos.

5 Los conejos
Porque son muy dulces y su pequeña nariz nos derrite el corazón.

3 Los perros
Porque son nuestros mejores amigos ¡y nuestros más fieles compañeros!

7 Los hamsters
Porque podemos observarlos por horas mientras se divierten en una rueda como si estuvieran en un parque de diversiones.

8 Los pandas
Porque son una especie en peligro de extinción y parecen ositos de peluche.

6 Los leones
Porque el león es el rey de la selva, y nos atemoriza pero al mismo tiempo nos fascina.

9 Los flamencos rosas
Porque representan la gracia y la elegancia, además de que un animal rosa no es algo que se vea todos los días.

10 Los hurones
Porque son pequeños, tiernos y se pueden educar fácilmente.

actitud
ZEN

Las bondades de los masajes

¡No esperes a encontrar un alma caritativa para darte un masaje!

Los pies

Después de una dura jornada o una clase de deportes un poco intensa, haz girar una pelota de tenis debajo de las plantas de tus pies para relajar tus músculos.

Dolor de cabeza

Estira tus dedos índices y medios de cada mano. Masajea tus sienes y tu nuca con ellos haciendo pequeños movimientos circulares.

Las manos

Casi siempre se nos olvidan, ¡pero masajear nuestras manos nos hace mucho bien! Comienza estirando tus muñecas para un lado y luego para el otro. Haz lo mismo con la otra mano. Entrelaza tus dedos y haz círculos con los puños para un lado y luego para el otro. Después, masajea cada uno de tus dedos desde abajo hasta la uña.

Los hombros

Haz círculos con los hombros primero de adelante hacia atrás y luego de atrás para adelante; después gira uno y uno.

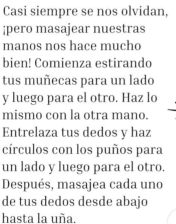

¿Lo sabías?

Estar encorvada reduce en 30% tu capacidad respiratoria, una buena razón para mantener la frente en alto y estar derecha.

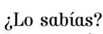

DIY POMPONES SUPERLINDOS

¡Los pompones son suaves, bonitos y fáciles de hacer!

1

Traza dos círculos de tamaños diferentes sobre el cartón, como si estuvieras dibujando una rodaja de piña. Repite este paso una vez más.

NECESITARÁS:

* ★ 1 compás o 2 objetos circulares de tamaños diferentes
* ★ 1 cartón
* ★ lápices
* ★ tijeras
* ★ estambre

2

Recorta los círculos por el borde y deshazte del centro a modo de obtener dos aros. Pon uno encima del otro.

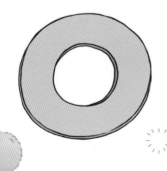

3

Ata el principio del hilo de estambre a los aros superpuestos.

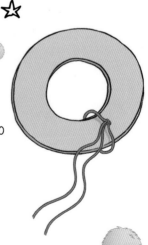

Cubre los aros con el estambre hasta que no pueda verse el cartón.

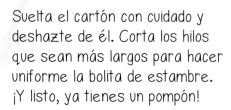

Desliza la tijera entre los dos anillos y corta los hilos de estambre siguiendo solamente el borde exterior.

Pasa un hilo grande de estambre entre los dos aros (por el mismo espacio por donde pasaste las tijeras), tensa bien el estambre y haz un nudo.

Suelta el cartón con cuidado y deshazte de él. Corta los hilos que sean más largos para hacer uniforme la bolita de estambre. ¡Y listo, ya tienes un pompón!

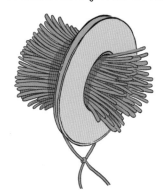

TIP GENIAL

Puedes utilizar estambre de distintos colores para crear pompones originales y así personalizar tus cosas: tu mochila, tus *flats*, un cinturón, las cortinas de tu habitación, un cojín... o crear tiernos animalitos pegándoles ojos que se muevan.

iELLAS
ya lo hicieron!

OPERACIÓN COCINA

¿Te quieres convertir en una verdadera chef? ¡Aquí tienes algunas ideas para animarte a meter las manos a la cocina!

Alimentos frescos y variados

En la medida de lo posible, trata de utilizar productos frescos que hayas elegido tú misma en el mercado con tu familia. Ir de compras es la primera etapa para cocinar, además de que descubrir los contenedores llenos de colores es todo un deleite para la vista.

Cortar

Una de las tareas básicas de la cocina es saber rebanar y picar las verduras. Así que para cortar en rodajas, cuadros o rebanadas, entrénate con un buen cuchillo y una buena tabla para cortar, ¡siempre con cuidado de no cortar ninguno de tus dedos!

La sazón

Puede parecer un detallito menor, ¡pero verás que lo cambia todo! Salado, dulce, con sabor a pimienta o especias... aprende a identificar diferentes sabores y observa lo que éstos pueden aportar a tus platillos. Canela, cilantro, cebollín, curry, perejil, un ramillete de hierbas... todos estos realzan el sabor de la comida.

¡Guácala!

¿Sabías que para que te guste un alimento que antes no te gustaba debes probarlo entre diez y quince veces? ¡Vale la pena intentarlo!

Deli y fácil de preparar

Ahora que tienes las bases para inventar una receta de chef supertop, ¡intenta con otras cosas!

- Puré de papa
- Macarrones con queso
- Sándwich de queso con ensalada
- Mousse de chocolate
- Galletas
- Muffins
- Mug cake

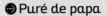

Julia Sedefdjian

¡Piensa en cada detalle para ofrecer platillos deliciosos!

Cuando se habla de un chef de cocina, normalmente se piensa en un hombre con su gorro en forma de tubo. ¡Pero no, también existen mujeres chefs con renombre! Julia Sedefdjian comenzó a formar parte de este grupo en 2016, cuando a los 21 años le otorgaron una estrella de la famosa Guía Michelin. ¡Este reconocimiento le valió el título de "la chef más joven con una estrella Michelin en Francia"! Julia nació en Niza y prepara platillos mediterráneos que despiertan en las papilas gustativas el sabor de aquella zona geográfica: cannelloni, bullabesa, galletas de hinojo, chocolates... En 2018, abrió su restaurante en París, *Baieta,* que en dialecto nizardo significa "besito".

Desafío en familia: desconectarse para conectarse

Aunque a veces te desesperen o sean demasiado curiosos, tus papás, tus hermanos y tus hermanas siempre estarán ahí para ti, así que cuídalos.

Haz un fin de semana detox

Guarda bien tu celular en un cajón durante dos días y planea algunos juegos con tu familia y unas cuantas bromas con tus hermanos y hermanas. Deja de lado la costumbre de buscar todo en Wikipedia y considera usar un diccionario o simplemente alguna de las fuentes de sabiduría que tienes a la mano: ¡tus papás! Haz preguntas a los adultos, pregúntales cómo era la vida antes, cómo se comunicaban con sus amigos, cómo avisaban cuando iban tarde... ¡Ya verás, puede ser divertido!

Comparte tus juegos

Como los videojuegos forman parte de tu universo, en lugar de aislarte para luchar contra monstruos en tu habitación, propón una tarde de juegos en familia. Abre tu universo a tus papás, hermanos y hermanas para que puedan comprenderte mejor.

¿Lo sabías?

47% de los jugadores de videojuegos son de hecho... ¡jugadoras!

Las bellas redes

Existe una buena razón para que no puedas unirte a algunas redes sociales antes de cumplir 13 años. Las reglas del mundo real también aplican para el mundo virtual, así que pon atención a todo lo que dices y ves. Si una conversación se torna agresiva, si te hacen preguntas demasiado personales o si te preguntan tu dirección... ¡ALTO! Dile a tus papás.

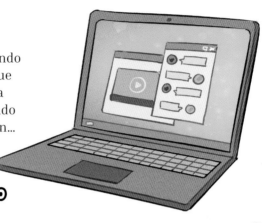

Un tiempo para todo

Para evitar discusiones, establece junto con tus papás algunas reglas de utilización del celular antes de que sea muy tarde (por ejemplo, al comenzar el ciclo escolar). En una hoja de papel, anota los días, momentos y duración de tiempo que tengas permitido conectarte cada semana.

✳ Operación...
¡organización!

¿Cómo hacerle una limpia a tu clóset?

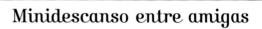

Minidescanso entre amigas

Organizar la ropa puede ser muy aburrido, ¡pero hay que darle la vuelta! Pon todas las prendas que ya no quieras en el centro de tu habitación. Quédense todas en playera y calzones, y venden sus ojos. En sus marcas, listas, ¡fuera! ¡La más rápida en ponerse un atuendo completo gana!

Recicla tu ropa vieja

Una camiseta vieja sería perfecta para tu próximo taller de pintura, tu falda florida que ya te queda chica podría transformarse en una linda bufanda, unos *jeans* muy cortos pueden convertirse en unos *shorts* de mezclilla superfashion.

Dales una segunda vida

Nada de poner tu ropa vieja en la basura. ¡Se merece más que eso! Si no le sirve a nadie de tu familia o amigas, dónala a alguna asociación cerca de tu casa.

Fashionista

Combinar las prendas entre sí es todo un arte, pero una vez que hayas organizado tu clóset podrás tener una mejor perspectiva de las combinaciones que quedan bien. Una pequeña camiseta blanca que diga *"Super star"* quedará perfecta con tu falda, tus *jeans* azules, tu *short* rojo o tus *leggings*. Ahí tienes cuarto combinaciones con un solo top. En un cuaderno puedes anotar cuáles son tus combinaciones preferidas. Y una mañana, cuando te falte la inspiración, estarás feliz de poder echar un vistazo para encontrar el *outfit* perfecto.

Detox de ropa

¿Conoces la expresión *detox de ropa*? Se trata de de mantener tu clóset solamente con las piezas esenciales. Ya no guardamos cosas "por si acaso". Así que si es demasiado pequeño, demasiado ajustado, incómodo o escotado, ¡decimos hasta la vista! Deshacerte de lo que te estorba hace mucho bien y tal vez así podrás dejar de pararte frente a tu armario y decir: "Pfff... ¡no tengo nada que ponerme!"

CONTROLA TU ENOJO

Alguien o algo te molestó, te enojó, te exasperó... ¿Y tú sientes cómo tu cara se empieza a poner roja de ira, te dan ganas de gritar, reventar y desahogarte? ¡Tranquila! ¡Siempre hay maneras para mantenerte zen!

Idea 1
TOMA UN MOMENTO

Para evitar decir palabras de las que te arrepentirías o actuar con furia, una solución es simplemente alejarte de la persona que puso tus nervios de punta.

Idea 3
RELATIVIZA

Si tú te enojas y la persona que tienes enfrente hace lo mismo, hay grandes probabilidades de que no puedan entenderse ni comunicarse. Entonces antes de gritar, pregúntate: "¿Realmente es tan grave?"

Idea 4
IDENTIFICA

Cuando identificas las cosas que te hacen enojar, te conoces mejor a ti misma. Así la próxima vez podrás anticipar tus reacciones. Por ejemplo, si no soportas que te distraigan mientras estudias, pídele a tu familia que bajo ningún motivo te interrumpa durante ese tiempo.

Idea 2
RESPIRA

Inhala, exhala, relájate. Respirar hondo hará que te oxigenes y que tu presión baje. Después de hacerlo podrás expresarte mejor.

DOMINA EL TONO

El tono que usas para hablar es muy importante.
Párate frente a un espejo y practica decir una
broma, un chiste, una maldad, algo cruel, algo
colérico, en diferentes tonos. Di: "Qué gruñón"
y verás cómo tu cara cambia según la entonación
que emplees.

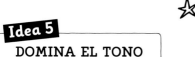

Idea 6

EXPLÍCATE

Cuando la presión haya bajado, es bueno hablar para
explicarse las cosas. Para lidiar de mejor forma con
tus emociones en el futuro, ¡lo mejor es dejar las cosas
en claro! A veces sólo se tratará de un malentendido.

MISIÓN FUTURO

¡ELLAS ya lo hicieron!

Tener una meta en la vida, proyectos para el futuro, la cabeza llena de sueños... Aquí algunas pistas según tus materias preferidas.

Español: periodista, escritora, comunicadora, editora, etc.

Lenguas: traductora, intérprete, guía turística, lingüista, etc.

Tecnología y oficios: florista, mecánica, conductora, agricultora, etc.

¿En qué quiero trabajar?

Historia-geografía: paleontóloga, cartógrafa, curadora de museos, vulcanóloga, etc.

Matemáticas y ciencias: contadora, ingeniera, comerciante, médico, bióloga, etc.

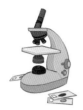

Marie Curie

¡El talento científico no está reservado para los hombres!

Marie Curie nació en 1867 en Varsovia, y ha sido la única mujer en recibir dos premios Nobel. En 1903, obtuvo por primera vez el premio Nobel de física junto con su esposo, Pierre Curie, por su trabajo sobre la radioactividad. Ocho años después, obtuvo el premio Nobel de química por demostrar que el radio es un metal. Si ella lo hizo, ¿por qué no podrías hacerlo tú?

Sin importar lo que pase, aún tienes mucho tiempo por delante. Tu futuro está frente a ti, así que si ya sabes lo que quieres hacer más tarde, genial, sigue tu camino. Pero si no tienes la menor idea, déjate llevar y puede ser que pronto todo sea más claro... Por ahora, tu profesión es ser "estudiante", ¡y eso ya es un trabajo de tiempo completo!

¡JOYERÍA DE FAMTASÍA FAMTÁSTICA!

¿Y si crearas lindas pulseritas? Para ti o para regalar, ¡hazlas tú misma!

NECESITARÁS:

★ hojas de plástico mágico "encogible" (encuéntralas en las tiendas de manualidades)

★ 1 lápiz

★ 1 plumón negro

★ plumones o lápices de colores

★ perforadora

★ 1 cordón o listón

1

Con un lápiz, calca el dibujo que más te guste sobre la cara más rugosa del plástico mágico. Comienza por el contorno y luego da otra pasada con el plumón negro.

2

Colorea con plumones o lápices de colores.

Precalienta el horno a 150 °C durante 5-10 minutos. Hornea tu figura con la cara brillante hacia arriba durante 1-2 minutos sin perderla de vista. El plástico se curvará hacia todos lados, es normal.

Recorta tu dibujo y agujéralo con la perforadora en donde encuentres un ◦.

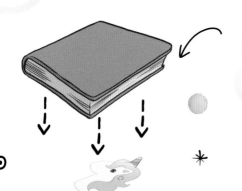

Una vez que tu figura recupere su forma plana, ¡está lista! Espera a que el plástico esté completamente plano antes de sacarlo del horno. Coloca tu figura sobre tu mesa de trabajo limpia y ponle un libro muy pesado encima para terminar de aplanarla. Déjala enfriar.

TIP GENIAL

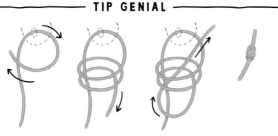

Para crear una pulsera que se abre y se cierra, mete el cordón al agujero de tu figura, crea dos bucles y desliza la punta de tu cordón dentro de ellos. Haz lo mismo del otro lado y corta los pedazos de cordón que sobren. Puedes pedirle a un adulto que con un encendedor le pase fuego a los nudos para que no se deshagan.

Desliza un cordón o listón por el agujero de tu figura, ¡y listo!

Un menú 100% terrorífico

¡Bienvenida al reino de la cocina repugnante! Aunque todo es comestible, tendrás que armarte de valor para ir más allá de las apariencias...

ENTRADA
UN BALDE DE GUSANOS

Necesitarás
(para 2 personas):
- 1 pepino
- 1 caja de germen de soya
- vinagreta

❶ Corta el pepino en rodajas de alrededor de 6 cm de largo.

❷ Elimina la mitad del relleno interior de cada rodaja y rellénalo con germen de soya.

❸ Rocía vinagreta encima.

PLATO FUERTE
OJOS DE LLORONA

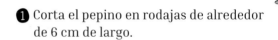

Necesitarás
(para 1 persona):
- 1 huevo
- ramitas de cebollín
- mayonesa
- 1 aceituna negra

❶ Cuece el huevo en una cacerola con agua hirviendo durante 10 minutos. Después sácalo de la cacerola y deja que se enfríe.

❷ Después de quitarle la cáscara, corta el huevo en dos por lo largo. En el centro de las yemas coloca una rodaja de aceituna para hacer las pupilas.

❸ Corta las ramitas de cebollín y ponlas encima de los ojos para crear pestañas.

❹ Pon algunas gotas de mayonesa debajo de los ojos como si fueran lágrimas.

PLATO FUERTE
SALCHICHAS MOMIA

Necesitarás
(para 4 personas):
- 8 salchichas
- pasta de hojaldre o masa para pizza
- mayonesa
- 1 aceituna negra

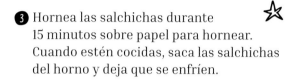

1. Precalienta el horno a 180 °C.

2. Corta tiras delgadas de la pasta de hojaldre. Enrolla la pasta alrededor de las salchichas.

3. Hornea las salchichas durante 15 minutos sobre papel para hornear. Cuando estén cocidas, saca las salchichas del horno y deja que se enfríen.

4. Pon dos gotas de mayonesa sobre cada salchicha para hacer los ojos y dos pedazos de aceituna para hacer las pupilas.

POSTRE
UNA MANZANA LLENA DE GUSANOS

Necesitarás
(para 1 persona):
- 1 manzana
- dulces confitados blancos o Tic-tacs®

Corta la manzana en cuatro y hazle a los pedazos orificios donde puedas colocar los dulces blancos.

¡Por supuesto, buen provecho!

JUEGOS de locura

¡conviértete en estrella!

¿Tienes ganas de bailar y cantar con total libertad? ¡Conoce todo lo que te hace falta para armar un show con tus amigas!

PALEDI en concierto

NOMBRE ARTÍSTICO

Antes de lanzarse al estrellato, deben encontrar su nombre artístico. ¡Aquí hay algunas palabras con las que pueden jugar para encontrar su nombre ideal!

☆ Silver   ☆ Star   ☆ Best
☆ Fiesta   ☆ Magia   ☆ Amigas
☆ Music   ☆ Rosa   ☆ Vida
☆ Rock   ☆ Wow   ☆ Voice
☆ Pop   ☆ Chicas   ☆ Súper

También pueden usar sus iniciales o la primera parte de sus nombres ligados en una sola palabra...

Paty + Ale + Diana
= Paledi

... o incluso el nombre de un lugar que les guste (School Girls), de una ciudad (Río Verde), o un personaje histórico (las Viváldicas)...

RESPIRACIÓN Y POSTURA

Entrena tu respiración: yoga, correr, bicicleta, natación... ¡Cualquier pretexto es bueno para respirar! Párate derecha, imagina que eres una marioneta y que alguien está jalando un hilo que está sujeto a tu cabeza.

∾ 76 ∾

CREA TU CANCIÓN

No es necesario escribir demasiado, con un buen coro y dos estrofas tendrás más que suficiente. Apréndanse la canción de memoria, practiquen y encuentren el ritmo. ¿No se sienten con espíritu creativo? Tomen una canción que conozcan bien, cada una la escuchará por su cuenta poniendo mucha atención y anotará ideas de pasos que le vengan a la mente mientras escucha la letra para crear una coreografía. Podrían hacer pasos como, por ejemplo, hacerse pequeñas para evocar dolor, saltar con los brazos arriba para evocar felicidad, etc. ¡Después intercambien sus ideas y practiquen su espectáculo!

ARTICULACIÓN

Una estrella de la canción debe tener una buena dicción. Junto con tus amigas, metan tres malvaviscos a su boca e intenten decir su refrán favorito... ¡sin escupir! Cada una tendrá su turno, ¡seguro que se morirán de risa! También pueden entrenarse con trabalenguas, que son muy buenos para trabajar la dicción. Por ejemplo, repite lo más rápidamente posible sin revolver las palabras: "Pablito clavó un clavito en la calva de un calvito" o "El suelo está enladrillado, ¿quién lo desenladrillará? El desenladrillador que lo desenladrille, bien desenladrillador será".

Para ser una estrella completa, dinámica y en forma, ¡hay que entrenarse! Dos de ustedes sujetarán una escoba horizontalmente a la altura de los hombros. Cada una pasará por debajo de la escoba empezando por el vientre. Pero fíjense bien, la escoba irá bajando progresivamente, ¡y pasar por debajo de ella será cada vez más difícil!

FLOSS DANCE

Seguramente conoces el "floss dance" también llamado "flossing" o "backpack kid" (=el baile del niño de la mochila), que lo inventó un chico estadounidense de 16 años y dio la vuelta por las redes sociales antes de ser retomado por todas las celebridades. ¡Pues bien, ahora te toca a ti crear el *buzz*! Inventa una coreografía sencilla pero que pueda volverse viral.

Aquí tienes algunas ideas:

- Pon las manos sobre la cabeza y mueve la cintura.
- Deja los brazos a los costados de tu cuerpo, después junta las manos arriba de tu cabeza y salta.
- Ponte en cuclillas y luego salta con los dedos de las manos apuntando hacia el cielo.

PÓNGANSE BONITAS

¡Es importante tener un vestuario para el escenario! Por ejemplo, cada una podría elegir un color o al contrario elegir todas el mismo: unos *jeans,* una playera del mismo color y un accesorio que las distinga.

VENCE EL PÁNICO ESCÉNICO

¡Es normal e incluso natural tener miedo antes de subir al escenario! Eso te permite darle incluso más energía a tu público. Así que no te apaniques ¡y adelante!

BAILEN Y ELECTRIFIQUEN LA PISTA

Ahora que ya practicaron y que están completamente coordinadas, ¡lo que sigue es el espectáculo! Saboreen ese momento supercool entre amigas. ¡Seguro conservarán los mejores recuerdos!

10 tips para siempre estar de buen humor

¡Aquí encontrarás algunas recetas para cultivar tu buen humor de forma sencilla!

1 Levántate con el pie derecho

Cuando suene la alarma, tómate el tiempo para estirarte bien antes de salir de tu esponjosa cama.

2 Un buen desayuno

Date el tiempo para preparar un desayuno equilibrado: incluye un lácteo, cereales o pan, un jugo de naranja o una fruta. ¡Tú eliges lo que más te guste!

3 El vaso medio lleno

Muchas veces decimos lo que no nos gusta en lugar de expresar lo que nos hace felices. Y, sin embargo, la alegría es contagiosa, ¡así que no dudes en expresarla!

4 Tu sonrisa más bella

Particularmente hoy estás de un muy buen humor... entonces demuéstralo y sonríele al mundo. Y no olvides este pequeño proverbio: "la vida es corta, sonríe mientras te queden dientes".

5 Ponlo en perspectiva

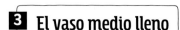

¿Tu mejor amiga Lisa no vino a tu fiesta de cumpleaños? Preocúpate primero por entender cuál fue el problema en lugar de dejar que la situación te envenene.

6 Organízate

Muchas veces, el mal humor puede venir del apuro, ¡pero para esto hay soluciones! Cada domingo organiza la semana que comienza con ayuda de un planificador. Anota con rosa las cosas que te gustan y con verde las cosas que no te gustan. ¡Tu semana debería tener más actividades rosas que verdes!

7 Haz deporte

Tal vez esto es lo último que tienes ganas de hacer cuando estás deprimida, sin embargo, es la mejor forma de recuperar tu buen humor. ¡Así que toma un poco de energía y pon los pies afuera!

8 Permanece zen

Tal vez tus papás se la pasan encima de ti, recordándote que debes arreglar tu cuarto, hacer tu tarea... Pero piensa que esto lo hacen por tu bien (aunque no siempre lo parezca) y busca evitar el conflicto. Lo mismo con tus hermanos y hermanas: ¡mantente cool!

9 Entrégate a tu diario personal

Descárgate con tu diario, pero sobre todo intenta escribir una nota cada día con las pequeñas cosas o grandes aventuras que te sucedieron y te hicieron feliz.

10 ¡Buenas noches!

Piensa en todas las cosas bonitas que te esperan al día siguiente. Y no olvides que necesitas una noche reparadora para cultivar tu buen humor. ¡Anda, a dormir!

Los desafíos del año

Un buen año es un año en el que hicimos de todo para pasarlo en grande. Juega y pon un poco de sal y pimienta a todos los momentos geniales que pases con tus amigas, tu familia, contigo misma o en la escuela.

Prueba 1

El día de hoy, saluda a la mayor cantidad de personas posible.

Prueba 2

Tómate una selfie con una persona mayor que te encuentres en la calle.

Prueba 3

Come tres alimentos que no te gusten en un mismo día.

Prueba 6

Mira una puesta de sol (¡de principio a fin!).

Prueba 5

Encuentra el cabello más largo posible.

Prueba 4

Escribe cartas, postales o notitas a cada miembro de tu familia y cuéntales de tu vida.

Prueba 7

Cubre tu brazo con tatuajes temporales o joyas para piel. ¡Hazlo durante las vacaciones!

Prueba 8

Pasa todo un día en pijama.

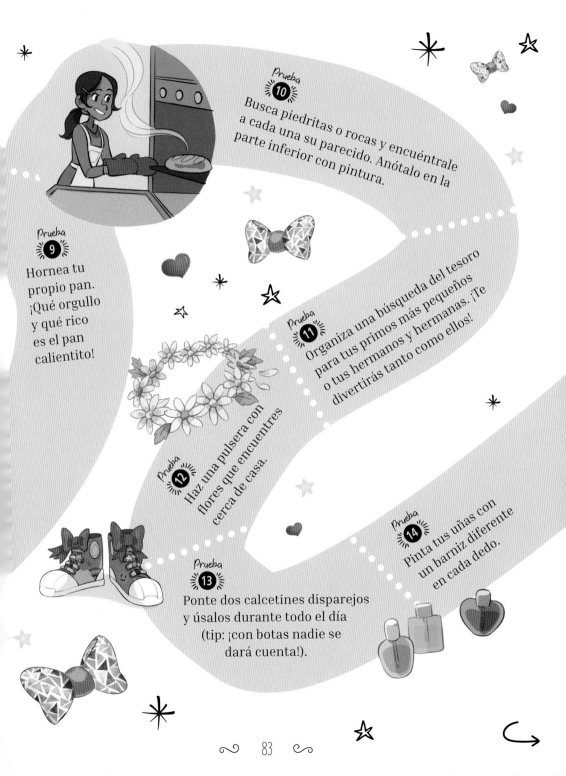

Prueba 10

Busca piedritas o rocas y encuéntrale a cada una su parecido. Anótalo en la parte inferior con pintura.

Prueba 9

Hornea tu propio pan. ¡Qué orgullo y qué rico es el pan calientito!

Prueba 11

Organiza una búsqueda del tesoro para tus primos más pequeños o tus hermanos y hermanas. ¡Te divertirás tanto como ellos!

Prueba 12

Haz una pulsera con flores que encuentres cerca de casa.

Prueba 14

Pinta tus uñas con un barniz diferente en cada dedo.

Prueba 13

Ponte dos calcetines disparejos y úsalos durante todo el día (tip: ¡con botas nadie se dará cuenta!).

Prueba 15

Acuéstate en el pasto y observa las nubes que pasan. ¡Vacía tu mente para llenarla de energía! Imagina todas las formas que puedas: una nube oveja, una nube corazón...

Prueba 16

Ve a comprar pan o tortillas y regresa caminando al revés.

Prueba 17

Observa una colonia de hormigas durante mucho tiempo. Es fascinante...

Prueba 18

Organiza un concurso de cocina con los miembros de tu familia.

Prueba 19

Cambia de peinado: con broches y prendedores, diademas, un chongo, listones... ¡Intenta muchas opciones y encuentra la combinación ganadora!

Prueba 20

Cambia el acomodo de tu habitación: los muebles y la decoración.

Prueba 22

En la playa, haz un concurso del castillo de arena más lindo y termina con una pelea de agua.

Prueba 21

Toma un baño con tres toneladas de espuma.

Prueba 24

Dale un regalo a alguien sin ninguna razón particular.

Prueba 23

Organiza una ida de compras con tus tres mejores amigas.

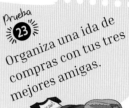

Prueba 25

Aunque no haya ninguna falla eléctrica, proponle a tu familia una tarde sin electricidad como en los viejos tiempos. Velas, picnic... ¡Ambiente supercool garantizado!

Prueba 26

Paséate por toda tu casa con la ropa de tu mamá o de tu hermana.

Prueba 28

Cada lunes, elijan quién será la reina de la semana entre tus amigas. Ella será quien decida los juegos.

Prueba 27

Cubre una pared de tu habitación con post-its (y luego vuelve a guardarlos, si no, ¡cuánto desperdicio!)

Reina de la semana

MISIÓN SECRETOS

Seguramente tienes muchos secretos guar-
dados en el fondo de tu corazón. ¿Pero y si
plasmaras todas tus ideas en papel?

Comienza un diario íntimo

Toma un cuaderno, de preferencia en
espiral para que puedas arrancar las hojas
que no quieras (¡sólo por si acaso!). Cuenta
todo sobre ti misma: tu nombre y apellido,
fecha de nacimiento, altura, tus cualidades,
tus defectos, tu signo astrológico... Pega
fotos de ti, de tu familia, de tus amigas,
de tu cuarto... Tú decides si prefieres
hacer dibujos o *collages* para ilustrar
tus días, subrayar con plumones
fluorescentes, etc.

Escribe algunas líneas cada
noche, para recapitular tu día.
Hazlo los fines de semana si
no tuviste tiempo antes.

Puedes contarle todo a tu diario íntimo,
tus miedos, tus deseos e incluso algún
secreto que te está costando trabajo
guardar, ¡él será tu confidente!

¡Esconde bien tu diario íntimo!
Ya que cuenta toda tu vida, sería una
pena que tu hermana descubriera
todos tus secretos...

Escribe para ti misma, así que de vez en cuando
date un clavado en las páginas que escribiste
tiempo atrás. Te podrás reír de ti misma o ver la
forma en la que has evolucionado. ¡Es una buena
manera de ver el camino que has recorrido!

Ana Frank

El destino trágico de una chica que encontró refugio en la escritura...

A na Frank nació en Fráncfort en 1929, la guerra estalló cuando ella tenía apenas 10 años. El problema en aquella época era que ella era judía y los nazis, que estaban en el poder, consideraban a los judíos como una raza inferior. Ana y su familia dejaron Alemania para exiliarse en Holanda. En 1942 vivían encerrados junto con otras cuatro personas para que los nazis no los encontraran y así pudieran sobrevivir. Dos años más tarde, cuando descubrieron su escondite, todos fueron enviados a un campo de concentración y solamente el padre de Ana sobrevivió la guerra. Él descubrió el diario íntimo de su hija en el cual contaba cómo tuvo que esconderse durante la Segunda Guerra Mundial. Conmovido, decidió publicarlo. Desde 1947, el libro se ha traducido a más de cuarenta idiomas.

Si aún no conoces ese escrito desgarrador, búscalo en tu librería más cercana como *El diario de Ana Frank*.

CONSTRUYE UN TIPI

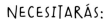

Para una tarde sólo entre amigas o para una noche estrellada, ¡crea tu propio nido!

NECESITARÁS:

- ★ 5 ramas o palos de bambú (estos últimos son aún mejores) de aproximadamente 1.50 m
- ★ 1 cordel o cuerda
- ★ cobijas viejas
- ★ tijeras
- ★ ¡un lugarcito en el campo o jardín para acampar!

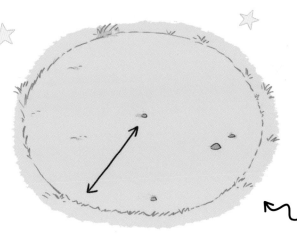

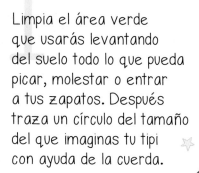

Limpia el área verde que usarás levantando del suelo todo lo que pueda picar, molestar o entrar a tus zapatos. Después traza un círculo del tamaño del que imaginas tu tipi con ayuda de la cuerda.

Pon tres palos sobre la circunferencia del círculo y únelos hacia el centro con la cuerda.

Agrega otros dos palos para darle más estabilidad y repite el punto anterior.

Sujeta las cobijas a la punta del tipi y déjalas caer a los lados. Ajústalas si es necesario. Haz agujeros sobre los bordes de las cobijas para unirlas con el cordel. No olvides dejar un espacio libre para que puedan entrar.

Por supuesto que puedes vivir la experiencia con una casa de campaña prefabricada pero la sensación no será la misma. ¡Qué genial poder disfrutar de un refugio hecho con tus propias manos!

JUEGOS e HISTORIAS que Dan miedo

Para una noche bajo las estrellas necesitas pocos ingredientes: un lugar cómodo para recostarte, algunas botanas por si te da hambre, una o dos personas que te acompañen, una lámpara de bolsillo para más seguridad y, por supuesto, ¡aprender a manejar el miedo!

¿LOBO, ESTÁS AHÍ?

Elijan quién será el lobo y apaguen las luces. El lobo, que dice "aúu, aúu" debe tocar al mayor número posible de personas para transformarlas en lobo. A su vez, aquellos lobos tendrán que buscar a las personas que quedan diciendo "aúu, aúu". La ganadora es a quien tocan al final.

El ambiente

◉ Para decorar las bebidas de tus amigas, dibuja dos huesitos iguales sobre una hoja de papel. Varía los detalles de un hueso a otro (formas, colores, etc.). Después recórtalos y pégalos juntos sobre los popotes para que cada una reconozca su vaso.

◉ Crea un esqueleto para colgarlo sobre tu tipi o casa de campaña.

◉ Deja arañas de mentira por todos lados: de plástico, hechas con limpiapipas o regaliz negro.

◉ Compra galletas en forma de monstruos.

Bajo la supervisión de un adulto, preparen brochetas de malvaviscos ensartando los bombones con palillos grandes de madera. Pónganlos a asar, esperen a que se tuesten, ¡y prueben!

UNA HISTORIA PARA NO DORMIR

Cada una contará una historia realista con el mayor número posible de monstruos o criaturas que den miedo: hombres lobo, vampiros, zombies, hechiceras, fantasmas, etc. Cuenta tu historia sujetando una lámpara de mano apagada y termina tu historia en un momento misterioso o crucial mientras enciendes la lámpara y la apuntas hacia tu amiga de golpe o le haces cosquillas con una pluma. ¡Susto seguro!

 # Desafío científico

Una bonita noche estrellada asoma su nariz en pleno verano. ¿Por qué no te tumbas en el pasto para observar las estrellas? ¡Ya verás que es fascinante y que por poco te dará la impresión de ser una astrónoma!

Observa las estrellas

Sólo necesitas un cielo despejado, sin nubes y sin luna, lejos de las luces de la ciudad (¡y de la contaminación!). Idealmente, sería mejor que fuera en verano y en la montaña. Deja que tus ojos se acostumbren poco a poco a la oscuridad, sólo déjate llevar.

¿Qué es la astronomía?

La astronomía, en griego, quiere decir "la ley de los astros", es decir, se trata de la ciencia que observa los astros y busca comprender las estrellas y el sistema solar. Las estrellas se pueden ver a simple vista al voltear hacia el cielo, sólo hay que ver el sol que ilumina la Tierra durante el día, encontrar las constelaciones...

Aquí están las constelaciones más conocidas y fáciles de observar:

La Osa Mayor también conocida como "el Gran Cazo" o "el Carro".

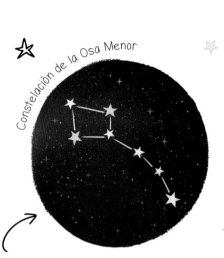

Constelación de la Osa Menor

Constelación de la Osa Mayor

La Osa Menor o "Cazo pequeño" lleva la estrella polar en la punta de la cacerola. La estrella Polar indica cuál es el Norte.

¿Lo sabías?
Nuestra galaxia se llama la Vía láctea. Cuenta con 234 millones de estrellas, muchas de ellas no se pueden apreciar a simple vista porque están muy lejos de la Tierra.

Casiopea forma una W.

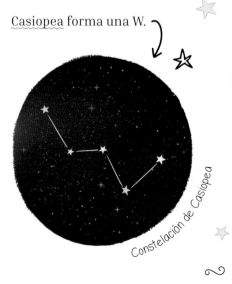

Constelación de Casiopea

El Cisne forma una cruz llamada "Cruz del Norte".

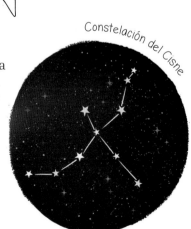

Constelación del Cisne

TU ATRAPASUEÑOS

Para que puedas dormir tranquilamente, cuelga tu atrapasueños en tu habitación. Éste atrae los dulces sueños y destruye las pesadillas. ¡Basta con creerlo!

NECESITARÁS:

* un aro de metal de aproximadamente 20 cm de diámetro (búscalo en las tiendas de manualidades)
* 4 m de hilo de algodón
* pegamento
* perforadora
* tijeras

1 Toma el aro y haz un nudo con un extremo del hilo. Forma una bola con el hilo (sin enredarlo). Sostén el nudo con firmeza y enreda el hilo hacia el exterior del aro. Después pasa la bola del hilo por el agujero que acabas de crear. Sostén bien el hilo resultante.

2 Repite la operación alrededor de todo el aro.

Cuando termines, empieza por la segunda
hilera. Repite la misma operación ensartando
el hilo por los aros de hilo que ya creaste.
Continúa por toda la segunda hilera.

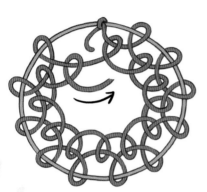

Continúa por las hileras hasta llegar
al centro del círculo. Haz un nudo
para terminar tu obra.

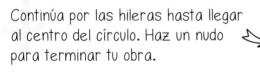

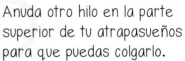

Anuda otro hilo en la parte
superior de tu atrapasueños
para que puedas colgarlo.

Amarra tres hilos de algodón
en la parte de abajo y cuelga los
dijes o plumas que más te gusten
(p. 125). Puedes perforarlos o
pegarlos directamente sobre el hilo.

Desafío deporte

¡Intenta hacer la mayor cantidad de desafíos deportivos! Crea una lista y tacha las nuevas actividades que vayas haciendo.

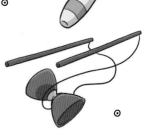

1 Antes de entrar a una tienda especializada para comprar todo tu atuendo de equitación, ¿por qué no preguntas si puedes dar un paseo en el club hípico? También podrías pedirle a tu familia que dediquen una tarde a andar a caballo.

Equitación ☐

2 ¿Quién dijo que el judogi estaba reservado para los fortachones? Pero antes de pisar un tatami, acepta este desafío. La base del judo está en saber caer correctamente. Así que aprende a caer sin lastimarte usando esta técnica:

Judo ☐

¡PUM!

3 ¡Atención! Al decir "danza" no necesariamente hay que pensar en "danza clásica", tutú rosa ¡y zapatillas que lastiman los pies! Antes de descubrir todas las danzas posibles, ¡practica bailando con tus amigas e inventando coreografías!

Danza ☐

4 Si decides aceptar esta misión, tendrás que cumplirla la siguiente vez que vayas a la playa. Reúne el número suficiente de participantes para jugar un voleibol de playa. ¡Así tendrás con qué divertirte, relajarte y conocer gente nueva!

Voleibol de playa ☐

5 ¿Tienes muchísimas ganas de divertirte? ¡Lo que necesitas es el circo! Así que comienza con tu entrenamiento en casa: maromenta o voltereta para adelante y para atrás, caminar con un libro en la cabeza, caminar sobre dos manos, luego sobre una, hacer malabares con dos pelotas, luego tres... Una vez que te sientas lista, investiga si hay un lugar donde puedas practicar cerca de tu casa.

Circo ☐

Deportes que probé

→ Un deporte de equipo:................................. ☐

→ Un deporte individual: .... ☐

→ Otro deporte: .... ☐

→ Otro deporte: .... ☐

LO MÁS TOP

10 objetos esenciales
para una chica top

¿Tenerlos o
no tenerlos?

2 Un **buen libro** en tu mesa de noche. La lectura es muy importante y además te permite viajar sin moverte ni un centímetro. ¡Supercool!

1 Zapatillas o **tenis de última moda**. Porque van con todo (falda, *skinny jeans,* vestido, *short*...), los tenis son tus aliados.

3 Una **agenda** para anotar todo: tus tareas, obvio, pero también los cumpleaños de tus amigas, tus deseos...

4 Un **peluche** bonito o viejito. ¡No debes avergonzarte por tener un peluche de confidente!

5 Una **bolsa de mano** para todas tus cosas: celular, audífonos, dulces o pequeños tesoros.

6 Un **álbum de fotos** al cual puedas ir para sumergirte en tus mejores recuerdos.

7 Un **reproductor MP3**, un radio o lo que sea que tenga buena música. ¡Sin música la vida es más triste!

8 Una **libreta**, porque siempre hay algo importante que anotar.

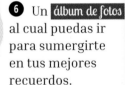

9 Un **estuche de belleza** con un montón de cosas esenciales como pasadores, pañuelos, esmalte de uñas, perfume, brillo para labios...

10 **Lentes de sol** para ser una estrella o porque realmente el día está muy soleado.

actitud
-ZEN-

Relájate antes de hacer la tarea

Elige un espacio apropiado y entra en un buen estado mental antes de un gran momento de concentración.

Vacía tu mente

Siéntate con las piernas en forma de loto y pega las plantas de los pies. Relaja los brazos y agítalos como las alas de una pequeña maripo- sa, después extiéndete y ahora agítalos como las alas de una gran mariposa. A continuación, pon tu cabeza sobre tus pies sin forzarte si te falta elasticidad. Repite varias veces. Sentada aún con las piernas en forma de loto y con la espalda recta, inhala y exhala agitando tus piernas como las alas de una mariposa.

Escucha el silencio

En un mundo que va a mil por hora, aprende a desconectarte y a escuchar el sonido de... ¡nada! Siempre habrá un ruidito presente: un avión, un pájaro, el sonido de los autos a lo lejos, un aparato eléctrico. Escuchar el silencio te permite vaciar tu mente y desarrollar tu concentración ¡antes de empezar a hacer tu tarea!

¡TEN CONFIANZA EN TI MISMA!

A veces es más fácil ver lo que no nos sale bien que lo que sabemos hacer mejor. ¡Aquí tienes 5 trucos para recuperar la confianza en ti misma!

1

Cuídate, no puedes quererte si te descuidas.

Descanso, alimentación, atuendo, porte, todo tiene que tomarse en cuenta. No te estamos pidiendo que seas la chica perfecta, sino que hagas todo para sentirte a gusto en tus propios tenis.

2

¡Haz deporte!

Esto te permite divertirte y eliminar el estrés, y está demostrado que mientras más hacemos deporte, más cuidamos nuestro cuerpo, más nos apropiamos de él y por lo tanto ¡adquirimos más seguridad!

3

Mientras más pasa el tiempo más confianza tendrás en ti misma.

Pero mientras tanto, intenta hacer una lista de todo lo que sabes hacer bien en lugar de hacer notar tus pequeños defectos.

¡Sé amable contigo misma, la perfección no existe!

Las revistas y los medios de comunicación en general nos muestran una imagen de la chica perfecta y es normal que tengas modelos a seguir a tu edad. ¿Pero sabes que a menudo las fotos están editadas?

Además, con una buena iluminación, un buen encuadre y un lindo maquillaje, ¡es normal que las estrellas siempre destaquen! Aprende a mirarte con benevolencia y a apropiarte de tu imagen.

Expresa tu opinión alto y fuerte.

¡Bueno, pero sin gritar! Atrévete a decir "sí", atrévete a decir "no" cuando sea necesario. Y habla claramente sin susurrar. La gente no debe tener que esforzarse para oírte.

MEDITA LA SIGUIENTE FRASE

"Se dice que una rana logró escalar un acantilado mientras que todas las demás le decían que era imposible. Pero de todos modos lo logró porque era sorda".

Eso significa que, cuando una cree en sí misma y en sus capacidades, ya está poniendo todas las posibilidades de su lado para lograrlo. ¡Nunca te des por vencida!

MISIÓN PATINETA

¿Aprender a patinar?
¡Todo saldrá sobre ruedas!

NECESITARÁS:

★ patineta
★ tenis planos
★ protección: un casco, rodilleras y coderas
★ un suelo liso sin asperezas

Primeros pasos

Antes de querer convertirte en una campeona, necesitas domar a la bestia: súbete, intenta mantener el equilibrio, entiende cómo se gira... Ahora ya estás lista para arrancar. Para eso, coloca tu pie fuerte en la patineta e impúlsate con el otro. Ya que tus dos pies estén en la patineta, trata de mantener el equilibrio. Cuando tengas suficiente impulso, coloca tus pies de manera perpendicular a la tabla y disfruta.

¿Cómo frenar?

¡Está bien avanzar, pero es necesario saber parar!

◊ Puedes frenar poniendo un pie en el suelo. ¡Esta es una de las razones por las que los tenis de los skaters se gastan tan rápido!

◊ Puedes deslizar el pie que está detrás hacia donde termina la tabla en la parte trasera (la *tail*), dejando el talón fuera de la tabla. Pon todo tu peso en la parte de atrás para levantar el frente de la patineta. ¡Y listo! Te detienes.

Ellen O'Neal

¡Una "rider" versátil que alcanzó un nivel impresionante en un deporte de hombres!

nacida en San Diego, Ellen O'Neal marcó la historia del deporte siendo una de las primeras skaters profesionales en la década de 1970. Al principio, usaba la patineta como medio de transporte para ir a la escuela, pero después de inscribirse en el Estadio de San Diego sólo por curiosidad, no tardó mucho en hacerse notar. Guapa y talentosa en su disciplina, Ellen atrajo rápidamente a patrocinadores y se convirtió en leyenda.

Intenta hacer la figura de Ellen O'Neal

Una de las figuras emblemáticas de Ellen es el "hang ten nose manual". Para lograr hacerla, tienes que tomar suficiente impulso, luego poner los pies juntos en la parte delantera de la patineta tratando de mantener el equilibrio. Puedes tratar de hacerlo después de algunas horas de entrenamiento, pero nunca olvides tus protectores: rodilleras, coderas y casco. ¡Así es más prudente!

Un pastel arcoíris

¿Qué opinas de preparar un
pastel con los colores del arcoíris?
¡Efecto "wow" garantizado!

Necesitarás

(para 8 personas):
- 6 huevos
- 400 g de azúcar
- 200 g de mantequilla
  derretida
- 400 g de harina
- 1 sobre de levadura química
- 400 ml de leche
- colorantes comestibles
  rojo, amarillo y azul
- 500 g de queso mascarpone
- 200 g de queso crema
  (tipo Philadelphia®)
- 125 g de azúcar glass

❶ Bate el azúcar y los huevos. Agrega
la mantequilla derretida y mezcla.

❷ Agrega la harina y la levadura poco
a poco mientras sigues mezclando
todo. Después agrega la leche.

3 Divide la masa en seis partes iguales y vierte el colorante en cada una de ellas: amarillo, rojo, azul, rojo y azul para hacer el color violeta, amarillo y azul para hacer el color verde, y rojo y amarillo para el naranja.

4 Precalienta el horno a 180°C. En un molde pastelero hornea durante 10 minutos cada parte de la masa con color, una por una.

5 Prepara la crema para el pastel o ganache. Mezcla el queso mascarpone, el queso crema y el azúcar glass.

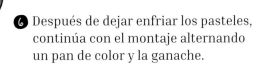

6 Después de dejar enfriar los pasteles, continúa con el montaje alternando un pan de color y la ganache.

7 Cubre la parte superior y el contorno del gran pastel con la ganache que te sobre.

¡Wow!

Desafíos contigo misma

La amabilidad no es un signo de debilidad, sino todo lo contrario. No se necesita mucho para ser una buena persona... ¡Inténtalo!

Ofrece tu tiempo sin contar los minutos...

... a tus amigas o a tu familia (pero ¡que tampoco se pasen de listos contigo!). Aunque no recibas nada a cambio de inmediato, seguramente después te sentirás feliz de poder contar con ellos. Además, estarás orgullosa de haber ayudado a alguien. ¡Te sentirás muy bien!

Participa en las actividades de tu colonia.

En lugar de esperar a que te lo pidan, ofrece tu ayuda: la anciana a la que le cuesta trabajo cargar su mandado, el dueño al que se le escapa su perro en la calle, el papel que se le cayó a la señora en la panadería, un niño que parece perdido en medio de un gran almacén... ¡Hay mil maneras de ser útil!

Cuida a tu familia.

Tus papás tuvieron un día difícil... Y no es momento para hacerles ningún tipo de pregunta. ¿Por qué no les escribes una notita gentil? "No les digo que los quiero lo suficiente, ¡mis papás queridos!" Déjala en el baño, debajo de la almohada, al lado de la cafetera... Sin ningún motivo en especial, ¡seguro que eso les va a gustar todavía más!

¡Sé zen!

Responde ¡yo! cuando te pidan hacer alguna labor en casa. Lavar los platos, ¡qué pereza! Ok, pero si de todos modos al final tienes que hacerlo, ¿de qué sirve posponer el momento? ¡Acción, reacción!

¡Ten la capacidad de proponer!

El día está nublado, es domingo, no hay nada que hacer. En lugar de aislarte en tu habitación, propónle a tu familia cocinar algo, empezar un juego de mesa, salir a pasear.

estilo
MODA
belleza

✳ Consejos para el cabello

¡Ahhh, tu cabello grita socorro!

Desenredar

El mito dice que cien cepilladas permiten tener un cabello sedoso y brillante. ¡Cuidado! Eso es un poco excesivo. Es importante cuidarlo y cepillarlo todos los días para evitar los nudos, pero también para quitar el polvo. En la noche, tu cabello puede enredarse más que en el día si te mueves mucho o si sudas. Así que no dudes en dormir con una trenza o un chongo muy suelto en la parte de arriba de la cabeza.

Lavar

No es bueno lavarse el cabello todos los días. Aunque no sea muy lógico, mientras más lo lavas, más rápido se pone grasoso, porque mientras más masajees tu cuero cabelludo, más estimulas las glándulas que producen el sebo. Depende de tu tipo de cabello pero en general, si lo lavas un día sí, un día no o cuando hiciste deporte, será suficiente. Usa un shampoo suave que no sea agresivo con tu cuero cabelludo.

TIP GENIAL

No hay necesidad de gastar demasiado tiempo, energía o dinero para tener el cabello brillante. Basta con que le agregues una cucharada sopera de vinagre blanco al agua con la que te enjuagas el shampoo. ¡Es mágico!

Antifrizz

Sin alaciarte o cepillarte, puedes simplemente enjuagarte el cabello con agua tibia. El agua más fresca cerrará las escamas capilares y tu cabello parecerá más lacio.

El corte

Deja que lo haga el estilista o uno de tus padres ¡si sabe manejar las tijeras! ¿Quién no ha tenido la tentación de cortarse un fleco que ya estaba un poco largo? ¡Error! Lo más probable es que te arrepientas de tu decisión y será... ¡demasiado tarde!

¡Paciencia!

En la adolescencia, el cabello siempre es un poco más grasoso que durante el resto de tu vida, pero esto no dura mucho. La naturaleza de nuestro cabello cambia en promedio cada siete años, entonces ten paciencia hasta el próximo periodo.

PRODUCTOS DE "BIOLLEZA"

¿Cómo hacer en casa productos de belleza 100% naturales?

LABIOS HUMECTADOS

Labios hechos pedazos, agrietados, ¡no gracias! Aquí está la receta para un brillito casero.

❶ Pon a hervir el frasquito con su tapa durante 10 minutos en una olla con agua para esterilizarlo.

❷ Mezcla la miel y el aceite de oliva.

❸ Para darle brillo a tu apariencia, puedes agregarle brillantina a la receta y, para hacer tu brillito todavía más femenino, ¡bastará con agregar colorante rojo comestible!

❹ Vierte la mezcla en tu frasquito. Mantén tu brillo en el refrigerador.

NECESITARÁS:

★ 1 frasquito de vidrio de mermelada con tapa

★ 1 cucharada sopera de miel líquida

★ 1 cucharada sopera de aceite de oliva

Alto a los ojos hinchados

¿Dormiste en una habitación demasiado caliente y tienes los ojos hinchados? Corta dos rodajas de pepino y póntelos sobre los párpados durante 15 minutos con los ojos cerrados. Enjuaga con agua fría.

MASCARILLA REVITALIZANTE DE LUMINOSIDAD

NECESITARÁS:

★ 1 zanahoria chica
★ ½ aguacate
★ 1 cucharada sopera de miel
★ 1 cucharada sopera de crema fresca

❶ Pon a hervir agua en una olla y sumerge la zanahoria durante 10-15 minutos.

❷ Hazla puré y agrega el aguacate, la miel y la crema. Mezcla, licúa o bate hasta obtener una textura lisa.

❸ Cuando la mezcla esté fría, extiéndela sobre tu rostro y déjala actuar 15 minutos antes de enjuagarte.

TIP GENIAL

¿No tienes tiempo de preparar una receta de belleza? Consigue miel de avellana, úntatela en los labios y déjala actuar 5 minutos. ¡Al menos ya habrás avanzado con eso!

Efecto piel de bebé

Para hacer una mascarilla de fresas, simplemente corta las fresas en rebanadas, acuéstate y colócalas delicadamente en tu rostro. Retíralas después de 10 minutos y enjuaga para obtener una verdadera piel de bebé.

JUEGOS de locura

una fiesta (casi) perfecta

Consejos para organizar
¡la velada del año!

ANTES DE EMPEZAR

Igual que para una pijamada,
pregúntales a tus papás cuántos
amigos y amigas puedes invitar.
Después pídeles que te ayuden
a elegir una fecha y prepara
bonitas invitaciones.

TU ATUENDO

Ya que eres algo así como la reina de
la fiesta, elige ropa bonita que te guste
y con la que te sientas cómoda. También
puedes hacer una fiesta de disfraces,
¡tú decides! Pero en ese caso,
asegúrate de que se lea muy
claro en la invitación.

La deco

Decora el espacio en donde vas a recibir a tus amigos con manteles, servilletas de papel, vasos desechables y popotes bonitos...

● Personaliza los globos, decóralos con un marcador según el tema de la fiesta: estrellas, corazones, tu edad si es tu cumpleaños, espirales, pequeños círculos o notas de música para una noche de estrellas.

● Llena todo de flores. Elige vasos transparentes de diferentes tamaños y llénalos de agua. Agrégales colorantes comestibles para darle color al agua: rojo, amarillo, azul y también haz tus propias mezclas para obtener más colores. Desliza una flor en cada uno de tus jarrones para crear un ambiente suave y acogedor.

LA COMIDA

Prepara un pastel de chocolate (¡a todos les gusta!), brochetas de dulces (que tus amigas adorarán), ensaladas de frutas...

TIP GENIAL

También puedes colgar una serie de luces bonitas para poner a tus amigos inmediatamente en un humor festivo.

Lo más fácil es planear platillos para picar, en lugar de una comida en forma. Es más divertido. ¡Además la gente no vino sólo para comer!

Adapta tu buffet a la hora del día: si la fiesta es en la tarde, prepara algo más bien dulce, si es en la noche, piensa también en platillos salados.

JUEGOS A GO GÓ

¡Hay mil y una ideas para divertirse mucho!

❶ Organiza un juego de mímica, pero estilo teléfono descompuesto: el primero se lo dice con mímica al que sigue, quien hace lo mismo con el siguiente, etc., hasta el último, quien debe descubrir el mensaje del principio. Mientras uno lo dice con mímica, ¡los otros deben mantener los ojos cerrados!

❷ Péguense un post-it en la frente con el nombre de un personaje y adivinen quién es, haciendo preguntas a las que sólo puedan responder con "sí" o "no".

❸ Hagan un "pictionary": uno dibuja y los otros tienen que adivinar de qué se trata. Hagan el juego con los ojos vendados, dibujen con la mano izquierda (si son diestros) o con la mano derecha (si son zurdos).

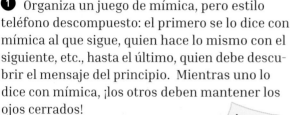

EL JUEGO DE LAS SILLAS MUSICALES

¡Es un clásico, pero de cualquier manera siempre nos hace reír! Coloca en círculo tantas sillas como participantes haya menos una. Si son diez, coloca nueve sillas. Pídele a un adulto que ponga la música y, tan pronto como se detenga el sonido, siéntense en una silla lo más rápido que puedan. El que se haya quedado sin silla es eliminado. Después retiran una silla y el juego sigue hasta que sólo queda una persona sentada: ¡ella será la gran ganadora!

LA PRUEBA A CIEGAS

¡No hay fiesta sin música!
Un adulto pone canciones y
los demás tienen que adivinar
lo más rápidamente posible
el título de la canción y el
intérprete. El ganador es el que
obtiene 5 puntos primero. Y
entonces se convierte en el DJ.

BYE, BYE

Cuando sea la hora de
que tus invitados se vayan,
dales un pequeño recuerdo:
organiza una cacería de
regalos. Por turnos
o todos al mismo
tiempo, guíalos con
¡"caliente" o "frío"!
Regálales una
pequeña manualidad
que tú hayas hecho:
una joya, unos stickers,
plumas bonitas... ¡Para
celebrar la ocasión!

Y DESPUÉS...

¡Listo! Se terminó la fiesta
y los amigos ya se fueron.
Entonces, para poder volver
a hacer otra muy pronto,
¡ayuda a tus papás
a recoger!

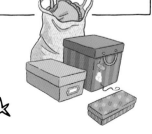

MISIÓN OLIMPIADAS

¡No hace falta ganar una medalla para divertirse!
Carrera, natación, raqueta, pelota en la playa...
¡En marcha!

Salto de longitud

2 jugadoras

Dibujen una línea en la arena para marcar el punto de partida. Cada una se coloca detrás, toma vuelo y salta lo más lejos que pueda sin pisar la línea. También pueden entrenarse para el triple salto.

2 jugadoras

Karate

Pónganse una frente a la otra justo lo suficientemente lejos como para poder tocarse con los brazos. Caven cada una un hoyo en el que se puedan meter hasta las rodillas. Métanse en el hoyo, tápenlo con arena y apriétenla bien. En sus marcas, listas, fuera para el duelo de karate. La ganadora es la primera en lograr sacar a su oponente de su hoyo.

Canoa-kayak

Pónganse a la orilla del mar, sentadas con las piernas estiradas. Sosteniéndose sólo con la fuerza de los brazos y tratando de flotar, avancen lo más rápido que puedan. Fijen una meta. La primera en cruzar la línea de la meta gana.

Perrine Laffont

¡Una campeona que es una verdadera aventurera y no le teme a los obstáculos!

n acida en 1998 en Ariège, en los Pirineos, Perrine comenzó a esquiar muy joven. A la edad de 15 años, fue seleccionada para participar en los Juegos Olímpicos de Invierno 2014, en los cuales terminó en decimocuarto lugar. ¡Así es como comenzó su carrera! Su especialidad, esquí de Mogul o baches, es una prueba en una pista de 250 metros de largo en la que hay que ser rápido y realizar dos saltos evaluados por el jurado. Esta joven atleta ganó la medalla de oro en esquí acrobático en la prueba de Mogul durante los Juegos Olímpicos de 2018 en Pyeongchang, Corea del Sur. Su objetivo ahora es convertirse en la mejor esquiadora de baches de la historia. ¡Ojalá que cumpla su sueño!

Ve la vida en rosa

 DESAFÍOS de todo tipo

Incluso si a veces ves todo negro, tú puedes decidir ser feliz. Las cosas más pequeñas pueden convertirse en algo grande. ¡A veces basta con desearlo!

Date gusto...

... con pequeños placeres de la vida diaria: disfrutar un chocolate caliente cuando hace frío afuera, hacer una pijamada con amigas, oír tu canción preferida en el radio, poder levantarte más tarde porque es fin de semana, disfrutar de una cena viendo la tele, recibir una carta, acurrucarse debajo del edredón cuando hay una gran tormenta, encontrar un trébol de cuatro hojas o una catarina en un jardín, hacerle una caricia a tu perro, oler el pasto recién cortado...

Crea tu lista de pequeños placeres:

....
....
....
....
....
....
....
....
....

FUN

SMILE

¡Sonríe! Es mucho más agradable para los otros cruzarse con alguien que está de buen humor. Y la felicidad atrae felicidad, así que ¡inténtalo! No tienes que esperar a que sea el día mundial de la sonrisa... Ese día en especial hazlo, pero también cada día del año, ponte una carita feliz en el rostro y ¡sonríele a todos los que se crucen en tu camino!

¡Top!

Reconoce lo que otros hacen bien. La crítica es fácil pero los cumplidos también deben estar presentes. Di "Te quiero", "Bravo" o "Lo que hiciste es genial". Agradéceles a tus amigos por ser tus amigos o a tus papás por ser tan geniales contigo.

¡CON CALMA!

He aquí un proverbio de bienestar para meditar...

"No puedes vivir lamentándote. Lo hecho, hecho está. Sigue adelante. Déjalo ir, tienes una vida hermosa frente a ti".

Todo el mundo comete errores. ¡Sólo cuando no hacemos nada podemos evitar equivocarnos! Tienes que aprender a aceptarlos, corregirlos y seguir adelante.

✳ Consejos Zen ✳

¡Lo zen se trabaja!

Cobra

Acuéstate boca abajo con los brazos a los lados a lo largo del cuerpo y la cara apoyada de lado. Levanta el pecho lentamente apoyándote en los brazos, soplando. Mira a lo lejos sin hacer esfuerzo y sin despegar el resto del cuerpo. Inhala volviendo a bajar el pecho suavemente.

Arena movediza

Acuéstate en tu cama y relaja cada parte de tu cuerpo comenzando con los pies. Imagínate que cada parte se hunde en las sábanas y relájate. Puedes usar este método si, por ejemplo, te cuesta trabajo conciliar el sueño.

Borreguitos

En lugar de contar borregos para conciliar el sueño puedes observar cómo se mueven las manecillas del reloj sin pensar en nada más.

Cierra los ojos, pide un deseo.

Mañana te toca a ti hacer todo lo posible para hacerlo realidad.

¡Buenas noches!

JUEGOS de locura

EL DADO DE LA AMISTAD

Recorta todo el cubo y dobla los bordes, después pégalos en donde está indicado para formar un dado.

Pega aquí

VERDAD
Dile a cada una de tus amigas cuáles son sus 3 DEFECTOS más grandes y sus 3 CUALIDADES más bellas.

Pega aquí

Pega aquí

ACCIÓN
Ve por un VASO CON AGUA sin que te vea nadie de la familia.

VERDAD
Cuenta la VERGÜENZA más grande de tu vida.

ACCIÓN
Haz 10 ABDOMINALES mientras tus amigas te hacen cosquillas.

Pega aquí

Pega aquí

ACCIÓN
Haz 10 MAROMETAS sin parar.

Pega aquí

Pega aquí

VERDAD
Cuenta un SECRETO sobre tu galán actual o pasado.

TU CÍRCULO DE CÓDIGO SECRETO

1 Recorta estos dos círculos y coloca el chico encima del grande.

2 Haz un agujero en el centro y abrocha las dos ruedas juntas con una chincheta plana.

3 Decide con tus amigas cuál va a ser su letra fetiche: por ejemplo, la A de "amigas".

4 Gira la rueda grande de manera que la C quede enfrente de la A de la rueda chica. El verdadero alfabeto está sobre la rueda chica y el lenguaje codificado está en la grande. Escribe tu mensaje y dáselo a una de tus amigas.

Para descifrarlo, ¡ella también va a necesitar el círculo que deslizaste discretamente en su bolsa!

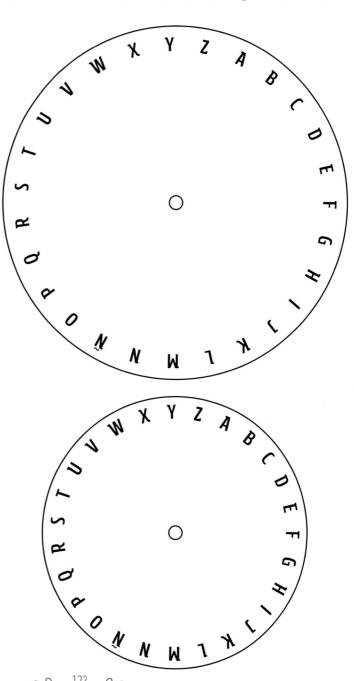

TU ATRAPASUEÑOS

Tus deseos _____

....
....
....
....
....
....
....

Tus listas _____

....
....
....
....
....
....
....
....

TEXTO

AURORE MEYER

ILUSTRACIONES

AMANDINE
Diseño de portada y las categorías:
DIY; Tus preguntas; Juegos de locura;
Actitud zen.

MYRTILLE TOURNEFEUILLE
Las categorías: Estilo, moda, belleza;
¡Ellas ya lo hicieron!; Recetas deli;
¡Lo más top!

EDICIÓN ORIGINAL
Dirección de la publicación: Sophie Chanourdie
Edición: Anne Castaing
Responsable artístico: Laurent Carré
Formación: Anne Bordenave

EDICIÓN EN ESPAÑOL
Dirección editorial: Tomás García Cerezo
Gerencia editorial: Jorge Ramírez Chávez
Coordinación editorial: Graciela Iniestra Ramírez
Traducción: Daniela Rico Straffon
Formación: E.L., S.A. de C.V. con la colaboración
de Erika Alejandra Dávalos Camarena
Corrección: E.L., S.A. de C.V. con la colaboración
de Renata Riebeling de Avila
Adaptación de portada: E.L., S.A. de C.V.
con la colaboración de Rubén Vite Maya

*Título original: Le super guide des filles
créatives d'aujourd'hui*

© MMXIX Larousse
21 rue Montparnasse, 75006 París

DR © MMXIX
Ediciones Larousse, S.A. de C.V.
Renacimiento 180, Col. San Juan
Tlihuaca, Azcapotzalco, México,
02400, Ciudad de México

ISBN: 978-2-03-595862-4 (Francia)
ISBN: 978-607-21-2300-7 (México)

Primera edición, octubre de 2019

Impreso en China – *Printed in China*